님의 침묵

님의 침묵

한용운 시집

창작시대사

독자에게

독자여, 나는 시인으로 여러분의 앞에 보이는
것을 부끄러워합니다.
여러분이 나의 시를 읽을 때에, 나를 슬퍼하고
스스로 슬퍼할 줄을 압니다.
나는 나의 시를 독자의 자손에게까지 읽히고
싶은 마음은 없습니다.
그때에는 나의 시를 읽는 것이
늦은 봄의 꽃수풀에 앉아서,
마른 국화를 비벼서 코에 대는 것과 같을는지
모르겠습니다.

밤은 얼마나 되었는지 모르겠습니다.
설악산의 무거운 그림자는 엷어 갑니다.
새벽종을 기다리면서 붓을 던집니다.

－을축 8월 29일 밤－

한용운 시집 ‖ 님의 침묵

차례

한용운 시집 ‖ 님의 침묵

차례

한용운 시집 ‖ 님의 침묵

나의 길

이 세상에는 길도 많기도 합니다.

산에는 돌길이 있습니다. 바다에는 뱃길이 있습니다.

공중에는 달과 별의 길이 있습니다.

강가에서 낚시질하는 사람은 모래 위에 발자취를 내입니다.

들에서 나물 캐는 여자는 방초(芳草)를 밟습니다.

악한 사람은 죄의 길을 쫓아갑니다.

의(義) 있는 사람은 옳은 일을 위하여는 칼날을 밟습니다.

서산에 지는 해는 붉은 놀을 밟습니다.

봄 아침의 맑은 이슬은 꽃머리에서 미끄럼 탑니다.

그러나 나의 길은 이 세상에 둘밖에 없습니다.

하나는 님의 품에 안기는 길입니다.

그렇지 아니하면 죽음의 품에 안기는 길입니다.

그것은 만일 님의 품에 안기지 못하면

다른 길은 죽음의 길보다 험하고 괴로운 까닭입니다.

아아, 나의 길은 누가 내었습니까.

아아, 이 세상에는 님이 아니고는 나의 길을 낼 수가 없습니다.

그런데 나의 길을 님이 내었으면 죽음의 길은 왜 내셨을까요

알 수 없어요

바람도 없는 공중에서 수직의 파문을 내이며,
고요히 떨어지는 오동잎은 누구의 발자취입니까.

지리한 장마 끝에 서풍에 몰려가는
무서운 검은 구름의 터진 틈으로, 언뜻언뜻 보이는
푸른 하늘은 누구의 얼굴입니까.

꽃도 없는 깊은 나무에 푸른 이끼를 거쳐서, 옛 탑 위의
고요한 하늘을 스치는 알 수 없는 향기는 누구의 입
김입니까.

근원을 알지도 못할 곳에서 나서, 돌부리를 울리고
가늘게 흐르는 작은 시내는 굽이굽이 누구의 노래입니까.

연꽃 같은 발꿈치로 가이 없는 바다를 밟고 옥 같은
손으로
끝없는 하늘을 만지면서, 떨어지는 해를 곱게 단장하는
저녁놀은 누구의 시(詩)입니까.

타고 남은 재가 다시 기름이 됩니다.
그칠 줄을 모르고 타는 나의 가슴은 누구의
밤을 지키는 약한 등불입니까.

나룻배와 행인

나는 나룻배
당신은 행인.

당신은 흙발로 나를 짓밟습니다.
나는 당신을 안고 물을 건너갑니다.
나는 당신을 안으면 깊으나 얕으나 급한 여울이나
건너갑니다.

만일 당신이 아니 오시면 나는 바람을 쐬고
눈비를 맞으며 밤에서 낮까지 당신을 기다리고 있습
니다.
당신은 물만 건너면 나를 돌아보지도 않고 가십니다
그려.
그러나 당신이 언제든지 오실 줄만은 알아요
나는 당신을 기다리면서 날마다 날마다 낡아갑니다.

나는 나룻배
당신은 행인.

님의 침묵

님은 갔습니다. 아아, 사랑하는 나의 님은 갔습니다.

푸른 산빛을 깨치고 단풍나무 숲을 향하여

난 작은 길을 걸어서, 차마 떨치고 갔습니다.

황금의 꽃같이 굳고 빛나던 옛 맹세는

차디찬 티끌이 되어서 한숨의 미풍에 날아갔습니다.

날카로운 첫 키스의 추억은

나의 운명의 지침을 돌려놓고

뒷걸음쳐서 사라졌습니다.

나는 향기로운 님의 말소리에 귀먹고,

꽃다운 님의 얼굴에 눈멀었습니다.

사랑도 사람의 일이라, 만날 때에 미리 떠날 것을 염려하고

경계하지 아니한 것은 아니지만,

이별은 뜻밖의 일이 되고 놀란 가슴은 새로운 슬픔에 터집니다.

그러나 이별을 쓸데없는 눈물의 원천으로 만들고 마는 것은,

스스로 사랑을 깨치는 것인 줄 아는 까닭에

걷잡을 수 없는 슬픔의 힘을 옮겨서

새 희망의 정수박이에 들어부었습니다.

우리는 만날 때에 떠날 것을 염려하는 것과 같이

떠날 때에 다시 만날 것을 믿습니다.

아아, 님은 갔지마는 나는 님을 보내지 아니하였습

니다.

제 곡조를 못 이기는 사랑의 노래는 님의 침묵을 휩

싸고 돕니다.

복종

남들은 자유를 사랑한다지마는,
나는 복종을 좋아하여요
자유를 모르는 것은 아니지만,
당신에게는 복종만 하고 싶어요
복종하고 싶은데 복종하는 것은
아름다운 자유보다도 달콤합니다.
그것이 나의 행복입니다.

그러나 당신이 나더러
다른 사람을 복종하라면,
그것만은 복종할 수가 없습니다.
다른 사람을 복종하려면
당신에게 복종할 수가 없는 까닭입니다.

생의 예술

　모든 곁에 쉬어지는 한숨은 봄바람이 되어서, 여윈 얼굴을 비치는
　거울에 이슬꽃을 핍니다.
　나의 주위에는 화기(和氣)라고는 한숨의
　봄바람밖에는 아무것도 없습니다.
　하염없이 흐르는 눈물은 수정이 되어서, 깨끗한
　슬픔의 성경(聖境)을 비칩니다.
　나는 눈물의 수정이 아니면, 이 세상에 보물이라고는
　하나도 없습니다.

　한숨의 봄바람과 눈물의 수정은, 떠난 님을 기루어하는
　정(情)의 추수(秋收)입니다.
　저리고 쓰린 슬픔은 힘이 되고 열이 되어서,
　어린 양과 같은 작은 목숨을 살아 움직이게 합니다.
　님이 주시는 한숨과 눈물은 아름다운 생의 예술입니다.

나는 잊고자

남들은 님을 생각한다지만
나는 님을 잊고자 하여요
잊고자 할수록 생각하기로
행여 잊힐까 하고 생각하여 보았습니다.

잊으려면 생각하고
생각하면 잊히지 아니하니,
잊지도 말고 생각도 말아 볼까요
잊든지 생각든지 내버려두어 볼까요
그러나 그리도 아니 되고
끊임없는 생각생각에 님뿐인데 어찌하여요

구태어 잊으려면
잊을 수가 없는 것은 아니지만
잠시 죽음뿐이기로
님 두고는 못하여요

아아, 잊히지 않는 생각보다
잊고자 하는 그것이 더욱 괴롭습니다.

이별

아아, 사람은 약한 것이다. 여린 것이다. 간사한 것이다.

이 세상에는 진정한 사랑의 이별은 있을 수가 없는 것이다.

죽음으로 사랑을 바꾸는 님과 님에게야, 무슨 이별이 있으랴.

이별의 눈물은 물거품의 꽃이요, 도금한 금방울이다.

칼로 베인 이별의 키스가 어디 있느냐.

생명의 꽃으로 빚은 이별의 두건주가 어디 있느냐.

피의 홍보석으로 만든 이별의 기념 반지가 어디 있느냐.

이별의 눈물은 저주의 마니주요, 거짓의 수정이다.

사랑의 이별은 이별의 반면에

반드시 이별하는 사랑보다 더 큰 사랑이 있는 것이다.

혹은 직접의 사랑은 아닐지라도 간접의 사랑이라도 있는 것이다.

다시 말하면, 이별하는 애인보다 자기를 더 사랑하는 것이다.

만일 애인을 자기의 생명보다 더 사랑한다면
무궁을 회전하는 시간의 수레바퀴에 이끼가 끼도록
사랑의 이별은 없는 것이다.

아니다, 아니다. '참'보다도 참인 님의 사랑엔,
죽음보다도 이별이 훨씬 위대하다.
죽음이 한 방울의 찬 이슬이라면 이별은 일천 줄기의
꽃비다.
죽음이 밝은 별이라면 이별은 거룩한 태양이다.

생명보다 사랑하는 애인을 사랑하기 위하여는
죽을 수가 없는 것이다.
진정한 사랑을 위하여는 괴롭게 사는 것이
죽음보다도 더 큰 희생이다.
이별은 사랑을 위하여 죽지 못하는
가장 큰 고통이요 보은이다.
애인은 이별보다 애인의 죽음을 더 슬퍼하는 까닭이다.
사랑은 붉은 촛불이나 푸른 술에만 있는 것이 아니라,

먼 마음을 서로 비치는 무형에도 있는 까닭이다.

그러므로 사랑하는 애인을 죽음에서 잊지 못하고
이별에서 생각하는 것이다.
그러므로 사랑하는 애인을 죽음에서 웃지 못하고
이별에서 우는 것이다.
그러므로 애인을 위하여는 이별의 원한을 죽음의 유쾌로
갚지 못하고 슬픔의 고통으로 참는 것이다.
그러므로 사랑은 차마 죽지 못하고 차마 이별하는
사랑보다 더 큰 사랑은 없는 것이다.

그리고 진정한 사랑은 곳이 없다.
진정한 사랑은 애인의 포옹만 사랑할 뿐 아니라
애인의 이별도 사랑하는 것이다.

그리고 진정한 사랑은 때가 없다.
진정한 사랑은 간단이 없어서 이별은 애인의 육 뿐이요,
사랑은 무궁이다.

아아, 진정한 애인을 사랑함에는 죽음은 칼을 주는 것이요,

이별은 꽃을 주는 것이다.

아아, 이별의 눈물은 진이요, 선이요, 미다.

아아, 이별은 눈물은 석가요, 모세요, 잔다르크다.

고적한 밤

하늘에는 달이 없고 땅에는 바람이 없습니다.
사람들은 소리가 없고 나는 마음이 없습니다.

우주는 주검인가요
인생은 잠인가요

한 가닥은 눈썹에 걸치고,
한 가닥은 작은 별에 걸쳤던
님 생각의 금실은 살살살 걷힙니다.
한 손에는 황금의 칼을 들고 한 손으로 천국의 꽃을 꺾던
환상의 여왕도 그림자를 감추었습니다.

아아, 님 생각의 금실과 환상의 여왕이 두 손을 마주잡고,
눈물의 속에서 정사(情死)한 줄이야 누가 알아요

우주는 주검인가요
인생은 눈물인가요
인생이 눈물이라면
죽음은 사랑인가요

이별은 미의 창조

이별은 미의 창조입니다.
이별의 미는 아침의 바탕[質] 없는 황금과
밤의 올[絲] 없는 검은 비단과, 죽음 없는 영원의 생명과,
시들지 않는 하늘의 푸른 꽃에도 없습니다.
님이여, 이별이 아니면 나는 눈물에서 죽었다가
웃음에서 다시 살아날 수가 없습니다.
오오, 이별이여.
미는 이별의 창조입니다.

길이 막혀

당신의 얼굴은 달도 아니건만
산 넘고 물 넘어 나의 마음을 비칩니다.

나의 손길은 왜 그리 짧아서
눈앞에 보이는 당신의 가슴을 못 만지나요

당신이 오기로 못 올 것이 무엇이며
내가 가기로 못 갈 것이 없지마는
산에는 사다리가 없고
물에는 배가 없어요

뉘라서 사다리를 떼고 배를 깨뜨렸습니까.
나는 보석으로 사다리 놓고 진주로 배 모아요
오시려도 길이 막혀서 못 오시는 당신이 기루어요

사랑의 존재

사랑을 '사랑'이라고 하면, 벌써 사랑은 아닙니다.
사랑을 이름지을 만한 말이나 글이 어디 있습니까.
미소에 눌려서 괴로운 듯한 장미빛 입술인들 그것을
스칠 수가 있습니까.
눈물의 뒤에 숨어서 슬픔의 흑암면(黑闇面)을 반사하는
가을 물결의 눈인들 그것을 비칠 수가 있습니까.
그림자 없는 구름을 거쳐서, 메아리 없는 절벽을 거쳐서,
마음이 갈 수 없는 바다를 거쳐서 존재? 존재입니다.

그 나라는 국경이 없습니다. 수명은 시간이 아닙니다.
사랑의 존재는 님의 눈과 님의 마음도 알지 못합니다.

사랑의 비밀은 다만 님의 수건에 수놓는 바늘과,
님의 심으신 꽃나무와, 님의 잠과 시인의 상상과
그들만이 압니다.

꿈 깨고서

님이면 나를 사랑하련마는
밤마다 문 밖에 와서 발자취 소리만 내이고
한 번도 들어오지 아니하고 도로 가니
그것이 사랑인가요
그러나 나는 발자취나마 님의 문 밖에 가 본 적이 없
습니다.
아마 사랑은 님에게만 있나 봐요

아아, 발자국 소리가 아니더면
꿈이나 아니 깨었으련마는
꿈은 님을 찾아가려고 구름을 탔었어요

하나가 되어 주서요

님이여,

나의 마음을 가져가려거든 마음을 가진 나에게서 가져가서요

그리하여 나로 하여금 님에게서 하나가 되게 하서요

그렇지 아니하거든 나에게 고통만을 주지 마시고 님의 마음을 다 주서요

그리고 마음을 가진 님에게서 나에게 주서요

그래서 님으로 하여금 나에게서 하나가 되게 하서요

그렇지 아니하거든 나의 마음을 돌려보내 주서요

그리고 나에게 고통을 주서요

그러면 나는 나의 마음을 가지고 님이 주시는 고통을 사랑하겠습니다.

나의 꿈

당신이 맑은 새벽에 나무 그늘 사이에서 산보할 때에,
나의 꿈은 작은 별이 되어서 당신의 머리 위를 지키고
있겠습니다.

당신이 여름날에 더위를 못 이기어 낮잠을 자거든,
나의 꿈은 맑은 바람이 되어서 당신의 주위에 떠돌겠
습니다.

당신이 고요한 가을밤에 그윽히 앉아서 글을 볼 때에,
나의 꿈은 귀뚜라미가 되어서 책상 밑에서 '귀똘귀똘'
울겠습니다.

당신이 아니더면

당신이 아니더면 포시럽고 매끄럽던 얼굴에
왜 주름살이 접혀요
당신이 기룹지만 않다면,
언제까지라도 나는 늙지 아니할 테여요
맨 첨에 당신에게 안기던 그때대로 있을 테여요

그러나 늙고 병들고 죽기까지라도,
당신 때문이라면 나는 싫지 않아요
나에게 생명을 주든지 죽음을 주든지
당신의 뜻대로만 하서요
나는 곧 당신이어요

해당화

당신은 해당화 피기 전에 오신다고 하였습니다.
봄은 벌써 늦었습니다.
봄이 오기 전에는 어서 오기를 바랐더니,
봄이 오고 보니 너무 일찍 왔나 두려워합니다.

철모르는 아이들은 뒷동산에 해당화가 피었다고, 다투어 말하기로
듣고도 못 들은 체 하였더니,
야속한 봄바람은 나는 꽃을 불어서 경대 위에 놓입니다그려.
시름없이 꽃을 주워 입술에 대고, '너는 언제 피었니' 하고 물었습니다.
꽃은 말도 없이 나의 눈물에 비쳐서 둘도 되고 셋도 됩니다.

나의 노래

나의 노래가락의 고저장단은 대중이 없습니다.
그래서 세속의 노래 곡조와는 조금도 맞지 않습니다.
그러나 나는 나의 노래가 세속 곡조에 맞지 않는 것을
조금도 애달파하지 않습니다.
나의 노래는 세속의 노래와
다르지 아니하면 아니 되는 까닭입니다.
곡조는 노래의 결함을 억지로 조절하려는 것입니다.
곡조는 부자연한 노래를
사람의 망상으로 토막쳐놓는 것입니다.
참된 노래에 곡조를 붙이는 것은 노래의 자연에 치욕
적입니다.
님의 얼굴에 단장을 하는 것이
도리어 흠이 되는 것과 같이, 나의 노래에
곡조를 붙이면 도리어 결점이 됩니다.

나의 노래는 사랑의 신(神)을 울립니다.
나의 노래는 처녀의 청춘을 쥐어짜서,
보기도 어려운 맑은 물을 만듭니다.

나의 노래는 님의 귀에 들어가서는 천국의 음악이 되고
님의 꿈에 들어가서는 눈물이 됩니다.
나의 노래가 산과 들을 지나서
멀리 계신 님에게 들리는 줄을 나는 압니다.
나의 노래가락이 바르르 떨다가 소리를 이루지 못할
때에
나의 노래가 님의 눈물겨운 고요한 환상으로 들어가서
사라지는 것을 나는 분명히 압니다.
나는 나의 노래가 님에게 들리는 것을 생각할 때에
광영(光榮)에 넘치는 나의 작은 가슴은
발발발 떨면서 침묵의 음보(音譜)를 그립니다.

사랑하는 까닭

내가 당신을 사랑하는 것은 까닭이 없는 것이 아닙니다.
다른 사람들은 나의 홍안(紅顔)만을 사랑하지마는
당신은 나의 백발도 사랑하는 까닭입니다.

내가 당신을 그리워하는 것은 까닭이 없는 것이 아닙니다.
다른 사람들은 나의 미소만을 사랑하지마는,
당신은 나의 눈물도 사랑하는 까닭입니다.

내가 당신을 기다리는 것은 까닭이 없는 것이 아닙니다.
다른 사람들은 나의 건강만을 사랑하지마는,
당신은 나의 죽음도 사랑하는 까닭입니다.

행복

나는 당신을 사랑하고, 당신의 행복을 사랑합니다.
나는 온 세상 사람이 당신을 사랑하고
당신의 행복을 사랑하기를 바랍니다.
그러나 정말로 당신을 사랑하는 사람이 있다면,
나는 그 사람을 미워하겠습니다.
그 사람을 미워하는 것은 당신을 사랑하는 마음의 한
부분입니다.
그러므로 그 사람을 미워하는 고통도 나에게는 행복
입니다.

만일 온 세상 사람이 당신을 미워한다면,
나는 그 사람을 얼마나 미워하겠습니까.
만일 온 세상 사람이 당신을 사랑하지도 않고 미워하
지도 않는다면,
그것은 나의 일생에 견딜 수 없는 불행입니다.
만일 온 세상 사람이 당신을 사랑하고자 하여
나를 미워한다면, 나의 행복은 더 클 수가 없습
니다.

그것은 모든 사람이 나를 미워하는 원한의 두만강이 깊을수록

나의 당신을 사랑하는 행복의 백두산이 높아지는 까닭입니다.

두견새

두견새는 실컷 운다.
울다가 못다 울면
피를 흘려 운다.

이별한 한이야 너뿐이랴마는
울래야 울지도 못하는 나는
두견새 못된 한을 또다시 어찌하리.

야속한 두견새는
돌아갈 곳도 없는 나를 보고도
'불여귀 불여귀(不如歸不如歸)'

떠날 때의 님의 얼굴

꽃은 떨어지는 향기가 아름답습니다.
해는 지는 빛이 곱습니다.
노래는 목마친 가락이 묘합니다.
님은 떠날 때의 얼굴이 더욱 어여쁩니다.

떠나신 뒤에 나의 환상의 눈에 비치는 님의 얼굴은 눈물이 없는
눈으로는 바로 볼 수가 없을 만치 어여쁠 것입니다.
님의 떠날 때의 어여쁜 얼굴을 나의 눈에 새기겠습니다.
님의 얼굴은 나를 울리기에는 너무도 야속한 듯하지마는,
님을 사랑하기 위하여는 나의 마음을 즐겁게 할 수가 없습니다.
만일 그 어여쁜 얼굴이 영원히 나의 눈을 떠난다면,
그때의 슬픔은 우는 것보다도 아프겠습니다.

후회

당신이 계실 때에 알뜰한 사랑을 못하였습니다.
사랑보다 믿음이 많고, 즐거움보다 조심이 더하였습니다.
게다가 나의 성격이 냉담하고 더구나 가난에 쫓겨서,
병들어 누운 당신에게 도리어 소활(疏闊)하였습니다.

그러므로 당신이 가신 뒤에, 떠난 근심보다
뉘우치는 눈물이 많습니다.

그를 보내며

그는 간다.
그가 가고 싶어서 가는 것도 아니요,
내가 보내고 싶어서 보내는 것도 아니지만 그는 간다.

그의 붉은 입술, 흰니, 가는 눈썹이 어여쁜 줄만 알았
더니,
구름 같은 뒷머리, 실버들 같은 허리,
구슬 같은 발꿈치가 보다 더 아름답습니다.

걸음이 걸음보다 멀어지더니 보이려다 말고 말려다
보인다.
사람이 멀어질수록 마음은 가까워지고,
마음이 가까워질수록 사람은 멀어진다.
보이는 듯한 것이 그의 흔드는 수건인가 하였더니,
갈매기보다도 작은 조각구름이 난다.

가지 마서요

그것은 어머니의 가슴에 머리를 숙이고,
아기자기한 사랑을 받으려고 삐죽거리는 입술로
표정하는 어여쁜 아기를 싸안으려는
사랑의 날개가 아니라 적의 깃발입니다.
그것은 자비의 백호광명이 아니라
번득거리는 악마의 눈빛입니다.
그것은 면류관과 황금의 누리와 죽음과를
본 체도 아니 하고 몸과 마음을 돌돌 뭉쳐서
사랑의 바다에 풍당 넣으려는
사랑의 여신이 아니라 칼의 웃음입니다.
아아, 님이여! 위안에 목마른 나의 님이여!
걸음을 돌리셔요, 거기를 가지 마서요, 나는 싫어요.

대지(大地)의 음악은 무궁화 그늘에 잠들었습니다.
광명의 꿈은 검은 바다에서 자맥질합니다.
무서운 침묵은 만상(萬象)의 속살거림에
서슬이 푸른 교훈을 내리고 있습니다.
아아, 님이여! 이 새 생명의 꽃에 취하려는 나의 님

이여!

　걸음을 돌리서요, 거기를 가지 마서요, 나는 싫어요

　거룩한 천사의 세례를 받는 순결한 청춘을 똑 따서
　그 속에 자기의 생명을 넣어 그것을 사랑의 제단에
　제물로 드리는 어여쁜 처녀가 어디 있어요
　달콤하고 맑은 향기를 꿀벌에게 주고
　다른 꿀벌에게 주지 않는 이상한 백합꽃이 어디 있
어요
　자신의 전체를 죽음의 청산(靑山)에 장사지내고
　흐르는 빛으로 밤을 두 조각에 베이는 반딧불이 어디
있어요
　아아, 님이여! 정(情)에 순사(殉死)하려는 나의 님이여!
　걸음을 돌리서요, 거기를 가지 마서요 나는 싫어요

　그 나라에는 허공이 없습니다.
　그 나라에는 그림자 없는 사람들이 전쟁을 하고 있습
니다.

그 나라에는 우주만상의

모든 생명의 쇳대를 가지고,

척도를 초월한 삼엄한 궤율로 진행하는

위대한 시간이 정지되었습니다.

아아, 님이여! 죽음을 방향(芳香)이라고 하는 나의 님
이여,

걸음을 돌리서요, 거기를 가지 마서요, 나는 싫어요

사랑의 측량

즐겁고 아름다운 일은 양이 많을수록 좋은 것입니다.

그런데 당신의 사랑은 양이 적을수록 좋은가 봐요.

당신의 사랑은 당신과 나와 두 사람의 사이에 있는 것입니다.

사랑의 양을 알려면 당신과 나의 거리를 측량할 수밖에 없습니다.

그래서 당신과 나의 거리가 멀면 사랑의 양이 많고, 거리가 가까우면 사랑의 양이 적을 것입니다.

그런데 적은 사랑은 나를 웃기더니, 많은 사랑은 나를 울립니다.

뉘라서 사람이 멀어지면, 사랑도 멀어진다고 하여요.

당신이 가신 뒤로 사랑이 멀어졌으면, 날마다 날마다 나를 울리는 것은 사랑이 아니고 무엇이어요.

비밀

비밀입니까, 비밀이라니요,
나에게 무슨 비밀이 있겠습니까.
나는 당신에게 대하여 비밀을 지키려고 하였습니다마는,
비밀은 야속히도 지켜지지 아니하였습니다.

나의 비밀은 눈물을 거쳐서 당신의 시각으로 들어갔
습니다.
나의 비밀은 한숨을 거쳐서 당신의 청각으로 들어갔
습니다.
나의 비밀은 떨리는 가슴을 거쳐서 당신의 촉각으로
들어갔습니다.
그 밖의 비밀은 한 조각 붉은 마음이 되어서
당신의 꿈으로 들어갔습니다.
그리고 마지막 하나 있습니다.
그러나 그 비밀은 소리 없는 메아리와 같아서 표현할
수가 없습니다.

포도주

가을바람과 아침볕에 마치 맞게 익은
향기로운 포도를 따서 술을 빚었습니다.
그 술 괴는 향기는 가을하늘을 물들였습니다.
님이여, 그 술을 연잎잔에 가득히 부어서 님에게 드리
겠습니다.
님이여, 떨리는 손을 거쳐서 타오르는 입술을 축이서요

님이여, 그 술은 한 밤을 지나면 눈물이 됩니다.
아아, 한 밤을 지나면 포도주가 눈물이 되지마는,
또 한 밤을 지나면 나의 눈물이
다른 포도주가 됩니다.
오오, 님이여!

달을 보며

달은 밝고 당신이 하도 기루었습니다.
자던 옷을 고쳐 입고, 뜰에 나와 퍼지르고
앉아서, 달을 한참 보았습니다.

달은 차차차 당신의 얼굴이 되더니 넓은 이마, 둥근 코,
아름다운 수염이 역력히 보입니다.
간 해에는 당신의 얼굴이 달로 보이더니,
오늘 밤에는 달이 당신의 얼굴이 됩니다.

당신의 얼굴이 달이기에 나의 얼굴도 달이 되었습니다.
나의 얼굴은 그믐달이 된 줄을 당신이 아십니까.
아아, 당신의 얼굴이 달이기에 나의 얼굴도 달이 되었
습니다.

님의 얼굴

님의 얼굴을 '어여쁘다'고 하는 말은
적당한 말이 아닙니다.
어여쁘다는 말은 인간 사람의 얼굴에 대한 말이요,
님은 인간의 것이라고 할 수가 없을 만치 어여쁜 까
닭입니다.

자연은 어찌하여 그렇게 어여쁜 님을 인간으로 보냈
는지,
아무리 생각하여도 알 수가 없습니다.
알겠습니다.
자연의 가운데에는 님의 짝이 될 만한 무엇이 없는
까닭입니다.

님의 입술 같은 연꽃이 어디 있어요
님의 살빛 같은 백옥이 어디 있어요
봄 호수에서 님의 눈결 같은 잔물결을 보았습니까.
아침볕에서 님의 미소 같은 방향(芳香)을 들었습니까.
천국의 음악은 님의 노래의 반향입니다.

아름다운 별들은 님의 눈빛의 화현(化現)입니다.

아아, 나는 님의 그림자여요
님은 님의 그림자밖에는 비길 만한 것이 없습니다.
님의 얼굴을 어여쁘다고 하는 말은 적당한 말이 아닙
니다.

자유정조

내가 당신을 기다리고 있는 것은
기다리고자 하는 것이 아니라 기다려지는 것입니다.
말하자면 당신을 기다리는 것은 정조보다도 사랑입니다.

남들은 나더러 시대에 뒤진 낡은 여성이라고 삐죽거립니다.
구구(區區)한 정조를 지킨다고
그러나 나는 시대성을 이해하지 못하는 것도 아닙니다.
인생과 정조의 심각한 비판을 하여 보기도
한두 번이 아닙니다.
자유연애의 신성(?)을 덮어놓고 부정하는 것도 아닙니다.
대자연을 따라서 초연생활(超然生活)을
할 생각도 하여 보았습니다.

그러나 구경(究境), 만사가 다
저의 좋아하는 대로 말한 것이요, 행한 것입니다.
나는 님을 기다리면서 괴로움을 먹고 살이 찝니다.
어려움을 입고 키가 큽니다.
나의 정조는 '자유정조(自由貞操)'입니다.

최초의 님

맨 처음에 만난 님과 님은 누구이며 어느 때인가요
맨 처음에 이별한 님과 님은 누구이며 어느 때인가요
맨 처음에 만난 님과 님이 맨 처음으로 이별하였습니까,
다른 님과 님이 맨 처음으로 이별하였습니까.

나는 맨 처음에 만난 님과 님이 맨 처음으로 이별한
줄로 압니다.
만나고 이별이 없는 것은 님이 아니라 나입니다.
이별하고 만나지 않는 것은 님이 아니라 길가는 사람
입니다.
우리들은 님에 대하여 만날 때에 이별을 염려하고,
이별할 때에 만남을 기약합니다.
그것은 맨 처음에 만난 님과 님이 다시 이별한
유전성의 흔적입니다.

그러므로 만나지 않는 것도 님이 아니요,
이별이 없는 것도 님이 아닙니다.
님은 만날 때에 웃음을 주고, 떠날 때에 눈물을 줍니다.

만날 때의 웃음보다 떠날 때의 눈물이 좋고,

떠날 때의 눈물보다 다시 만나는 웃음이 좋습니다.

아아, 님이여! 우리의 다시 만나는 웃음은 어느 때에 있습니까.

진주

언제인지 내가 바닷가에 가서 조개를 주웠지요.
당신은 나의 치마를 걷어주셨어요, 진흙 묻는다고
집에 와서는 나를 어린아이 같다고 하셨지요,
조개를 주워다가 장난한다고
그러고 나가시더니 금강석을 사다 주셨습니다, 당신이.

나는 그때에 조개 속에서 진주를 얻어서
당신의 작은 주머니에 넣어드렸습니다.
당신이 어디 그 진주를 가지고 계셔요
잠시라도 왜 남을 빌려주셔요

잠 없는 꿈

나는 어느 날 밤에 잠 없는 꿈을 꾸었습니다.

"나의 님은 어디 있어요. 나는 님을 보러 가겠습니다.

님에게 가는 길을 가져다가 나에게 주셔요, 님이여"

"너의 가려는 길은 너의 님이 오려는 길이다.

그 길을 가져다 너에게 주면 너의 님은 올 수가 없다"

"내가 가기만 하면 님은 아니 와도 관계가 없습니다."

"너의 님이 오려는 길을 너에게 갖다 주면

너의 님은 다른 길로 오게 된다

네가 간대도 너의 님을 만날 수가 없다"

"그러면 그 길을 가져다가 나의 님에게 주셔요"

"너의 님에게 주는 것이 너에게 주는 것과 같다.

사람마다 저의 길이 각각 있는 것이다"

"그러면 어찌하여야 이별한 님을 만나보겠습니까"

"네가 너를 가져다가 너의 가려는 길에 주어라.

그리하고 쉬지 말고 가거라"

"그리할 마음은 있지마는 그 길에는 고개도 많고 물
도 많습니다.

갈 수가 없습니다."

꿈은 "그러면 너의 님을 너의 가슴에 안겨주마"
하고 나의 님을 나에게 안겨주었습니다.
나는 나의 님을 힘껏 꺼안았습니다.
나의 팔이 나의 가슴을 아프도록 다칠 때에
나의 두 팔에 비어진 허공은 나의 팔을 뒤로 두고 이
어졌습니다.

착인

내려오서요. 나의 마음이 자릿자릿하여요. 곧 내려오
서요.

사랑하는 님이여,

어찌 그렇게 높고 가는 나뭇가지 위에서 춤을 추서요

두 손으로 나뭇가지를 단단히 붙들고

고이고이 내려오서요

에그, 저 나뭇잎새가 연꽃 봉오리 같은 입술을 스치
겠네.

어서 내려오서요

'네 네, 내려가고 싶은 마음이

잠자거나 죽은 것은 아닙니다마는,

나는 아시는 바와 같이 여러 사람의 님인 때문이어요

향기로운 부르심을 거스리고자 하는 것은 아닙니다.'고

버들가지에 걸린 반달은 해죽해죽 웃으면서

이렇게 말하는 듯하였습니다.

나는 작은 풀잎만치도 가림이 없는

발가벗은 부끄러움을 두 손으로 움켜쥐고

빠른 걸음으로 잠자리에 들어가서 눈을 감고 누웠습니다.

내려오지 않는다던 반달이 사뿐사뿐 걸어와서,

창 밖에 숨어서 나의 눈을 엿봅니다.

부끄럽던 마음이 갑자기 무서워서 떨려집니다.

당신 가신 때

당신이 가실 때에 나는 다른 시골에 병들어 누워서
이별의 키스도 못하였습니다.
그때는 가을바람이 처음으로 와서
단풍이 한 가지에 두서너 잎이 붉었습니다.

나는 영원의 시간에서 당신 가신 때를 끊어내겠습니다.
그러면 시간은 두 도막이 납니다.
시간의 한 끝은 당신이 가지고, 한 끝은 내가 가졌다가
당신의 손과 나의 손과 마주잡을 때에 가만히 이어
놓겠습니다.
그러면 붓대를 잡고 남의 불행한 일만을 쓰려고 기다
리는 사람들도
당신의 가신 때는 쓰지 못할 것입니다.
나는 영원의 시간에서 당신 가신 때를 끊어내겠습니다.

거짓 이별

당신과 나와 이별한 때가 언제인지 아십니까.

가령 우리가 좋을 대로 말하는 것과 같이, 거짓 이별이라 할지라도

나의 입술이 당신의 입술에 닿지 못하는 것은 사실입니다.

이 거짓 이별은 언제나 우리에게서 떠날 것인가요

한 해 두 해 가는 것이 얼마 아니 된다고 할 수가 없습니다.

시들어가는 두 볼의 도화(桃花)가 무정한 봄바람에 몇 번이나

스쳐서 낙화가 될까요

회색이 되어가는 두 귀 밑의 푸른 구름이, 쪼이는

가을볕에 얼마나 바래서 백설이 될까요

머리는 희어가도 마음은 붉어갑니다.

피는 식어가도 눈물은 더워갑니다.

사랑의 언덕엔 사태가 나도 희망의 바다엔 물결이 뛰놀아요

이른바 거짓 이별이 언제든지 우리에게서 떠날 줄만
은 알아요
　그러나 한 손으로 이별을 가지고 가는 날은
　또 한 손으로 죽음을 가지고 와요

쾌락

님이여, 당신은 나를 당신 계신 때처럼 잘 있는 줄로
아십니까.
그러면 당신은 나를 아신다고 할 수가 없습니다.

당신이 나를 두고 멀리 가신 뒤로는, 나는 기쁨이라고는
　달도 없는 가을하늘에 외기러기의 발자취만치도 없습
니다.

거울을 볼 때에 절로 오던 웃음도 오지 않습니다.
꽃나무를 심고 물주고 북돋우던 일도 아니합니다.

고요한 달그림자가 소리 없이 걸어와서 엷은 창에 소
곤거리는
　소리도 듣기 싫습니다.

가물고 더운 여름하늘에 소낙비가 지나간 뒤에,
　산모퉁이의 작은 숲에서 나는 서늘한 맛도 달지 않습니다.
동무도 없고 놀이개도 없습니다.

나는 당신 가신 뒤에 이 세상에서 얻기 어려운 쾌락
이 있습니다.

　그것은 다른 것이 아니라, 이따금 실컷 우는 것입니다.

거문고 탈 때

달 아래에서 거문고를 타기는 근심을 잊을까 함이러니,
첫 곡조가 끝나기 전에 눈물이 앞을 가려서,
밤은 바다가 되고 거문고줄은 무지개가 됩니다.
거문고소리가 높았다가 가늘고 가늘다가 높을 때에,
당신은 거문고줄에서 그네를 뜁니다.
마지막 소리가 바람을 따라서 느티나무 그늘로 사라
질 때에,
당신은 나를 힘없이 보면서 아득한 눈을 감습니다.
아아, 당신은 사라지는 거문고소리를 따라서 아득한
눈을 감습니다.

참말인가요

그것이 참말인가요 님이여,
속임 없이 말씀하여 주서요
당신을 나에게서 빼앗아간 사람들이 당신을 보고
'그대는 님이 없다고 하였다지요
그래서 당신은 남모르는 곳에서 울다가, 남이 보면
울음이 웃음으로 변한다지요
사람의 우는 것은 견딜 수가 없는 것인데, 울기조차
마음대로 못하고
웃음으로 변하는 것은 죽음의 맛보다도 더 쓴 것입니다.
그러면 나는 그것을 변명하지 않고는 견딜 수가 없습
니다.
나의 생명의 꽃가지를 있는 대로 꺾어서 화환을 만들어
당신의 목에 걸고,
'이것이 님의 님이라'고 소리쳐 말하겠습니다.

그것이 참말인가요 님이여,
속임 없이 말씀하여 주서요
당신을 나에게서 빼앗아간 사람들이 당신을 보고,

‘그대의 님은 우리가 구하여 준다’고 하였다지요

그래서 당신은 ‘독신생활을 하겠다’고 하였다지요

그러면 나는 그들에게 분풀이를 하지 않고는 견딜 수가 없습니다.

많지 않은 나의 피를 더운 눈물에 섞어서,

피에 목마른 그들의 칼에 뿌리고,

‘이것이 님의 님이라’고 울음 섞어서 말하겠습니다.

밤은 고요하고

밤은 고요하고 방은 물로 씻은 듯합니다.

이불은 개인 채로 옆에 놓아두고 화롯불을 다듬거리고 앉았습니다.

밤은 얼마나 되었는지, 화롯불은 꺼져서 찬 재가 되었습니다.

그러나 그를 사랑하는 나의 마음은 오히려 식지 아니하였습니다.

닭의 소리가 채 나기도 전에

그를 만나서 무슨 말을 하였는데 꿈조차 분명치 않습니다그려.

당신의 편지

당신의 편지가 왔다기에, 꽃밭 매던 호미를 놓고 떼어 보았습니다.

그 편지는 글씨는 가늘고 글줄은 많으나, 사연은 간단합니다.

만일 님이 쓰신 편지이면, 글은 짧을지라도 사연은 길 터인데.

당신의 편지가 왔다기에 바느질그릇을 치워놓고 떼어 보았습니다.

그 편지는 나에게 잘 있느냐고만 묻고,

언제 오신다는 말은 조금도 없습니다.

만일 님이 쓰신 편지이면 나의 일은 묻지 않더라도,

언제 오신다는 말을 먼저 썼을 터인데.

당신의 편지가 왔다기에 약을 달이다 말고 떼어 보았습니다.

그 편지는 당신의 주소는 다른 나라의 군함(軍艦)입니다.

만일 님이 쓰신 편지이면 남의 군함에 있는 것이 사실이라 할지라도

편지에는 군함에서 떠났다고 하였을 터인데.

당신의 마음

나는 당신의 눈썹이 검고, 귀가 갸름한 것도 보았습니다.

그러나 당신의 마음을 보지 못하였습니다.

당신이 사과를 따서 나를 주려고, 크고 붉은 사과를 따러 갈 때에,

당신의 마음이 그 사과 속으로 들어가는 것을 분명히 보았습니다.

나는 당신의 둥근 배와 잔나비 같은 허리를 보았습니다.

그러나 당신의 마음을 보지 못하였습니다.

당신이 나의 사진과 어떤 여자의 사진을 같이 들고 볼 때에,

당신의 마음이 두 사진의 사이에서 초록빛이 되는 것을 분명히 보았습니다.

나는 당신의 발톱이 희고, 발꿈치가 둥근 것도 보았습니다.

그러나 당신의 마음을 보지 못하였습니다.

당신이 떠나시려고, 나의 큰 보석반지를 주머니에 넣으실 때에

당신의 마음이 보석반지 너머로 얼굴을 가리고 숨은 것을 분명히 보았습니다.

예술가

나는 서투른 화가여요

잠 아니 오는 잠자리에 누워서 손가락을 가슴에 대고

당신의 코와 입과 두 볼에 샘 파지는 것까지 그렸습
니다.

그러나 언제든지 작은 웃음이 떠도는 당신의 눈자
위는

그리다가 백 번이나 지웠습니다.

나는 파겁(破怯) 못한 성악가여요

이웃 사람도 돌아가고 버러지소리도 그쳤는데

당신이 가르쳐 주시던 노래를 부르려다가

조는 고양이가 부끄러워서 부르지 못하였습니다.

그래서 가는 바람이 문풍지를 스칠 때에

가만히 합창하였습니다.

나는 서정시인(敍情詩人)이 되기에는 너무도 소질이
없나 봐요

'즐거움'이니 '슬픔'이니 '사랑'이니 그런 것은 쓰기

싫어요

　당신의 얼굴과 소리와 걸음걸이와를 그대로 쓰고 싶습니다.

　그리고 당신의 집과 침대와 꽃밭에 있는 작은 돌도 쓰겠습니다.

비

비는 가장 큰 권위를 가지고, 가장 좋은 기회를 줍니다.
비는 해를 가리고 하늘을 가리고, 세상 사람의 눈을 가립니다.
그러나 비는 번개와 무지개를 가리지 않습니다.

나는 번개가 되어 무지개를 타고,
당신에게 가서 사랑의 팔에 감기고자 합니다.
비오는 날 가만히 가서 당신의 침묵을 가져온대도,
당신의 주인은 알 수가 없습니다.

만일 당신이 비오는 날에 오신다면, 나는
연잎으로 웃옷을 지어서 보내겠습니다.
당신이 비오는 날에 연잎옷을 입고 오시면,
이 세상에는 알 사람이 없습니다.

당신이 비 가운데로 가만히 오셔서 나의 눈물을 가져
가신대도
영원한 비밀이 될 것입니다.
비는 가장 큰 권위를 가지고, 가장 좋은 기회를 줍니다.

참아 주서요

나는 당신을 이별하지 아니할 수가 없습니다.
님이여, 나의 이별을 참아 주서요
당신은 고개를 넘어갈 때에 나를 돌아보지 마서요
나의 몸은 한 작은 모래 속으로 들어가려 합니다.

님이여, 이별을 참을 수가 없거든,
나의 죽음을 참아 주서요
나의 생명의 배는 부끄럼의 땀의 바다에서,
스스로 폭침(爆沈)하려 합니다.
님이여, 님의 입김으로 그것을 불어서, 속히 잠기게
하여 주서요
그리고 그것을 웃어 주서요

님이여, 나의 죽음을 참을 수가 없거든,
나를 사랑하지 말아 주서요
그리고 나로 하여금 당신을 사랑할 수가 없도록 하여
주서요
나의 몸은 터럭 하나도 빼지 아니한 채로,

당신의 품에 사라지겠습니다.

님이여, 당신과 내가 사랑의 속에서,

하나가 되는 것을 참아 주서요

그리하여 당신은 나를 사랑하지 말고, 나로 하여금

당신을 사랑할 수가 없도록 하여 주서요 오오, 님이여.

눈물

내가 본 사람 가운데는,

눈물을 진주라고 하는 사람처럼 미친 사람은 없습니다.

그 사람은 피를 홍보석이라고 하는

사람보다도, 더 미친 사람입니다.

그것은 연애에 실패하고 흑암의 기로에서 헤매는

늙은 처녀가 아니면, 신경이 기형적으로 된 시인의 말입니다.

만일 눈물이 진주라면 나는 님이 신물(信物)로 주신

반지를 내놓고는, 세상의 진주라는 진주는

다 티끌 속에 묻어버리겠습니다.

나는 눈물로 장식한 옥패를 보지 못하였습니다.

나는 평화의 잔치에 눈물의 술을 마시는 것을 보지 못하였습니다.

내가 본 사람 가운데는

눈물을 진주라고 하는 사람처럼 어리석은 사람은 없습니다.

아니어요. 님이 주신 눈물은 진주 눈물이어요

나는 나의 그림자가 나의 몸을 떠날 때까지,

님을 위하여 진주 눈물을 흘리겠습니다.

아아, 나는 날마다 날마다 눈물의 선경(仙境)에서

한숨의 옥적(玉笛)을 듣습니다.

나의 눈물은 백천 줄기라도 방울방울이 창조입니다.

눈물의 구슬이여, 한숨의 봄바람이여,

사랑의 성전을 장엄하는 무등등(無等等)의 보물이여.

아아, 언제나 공간과 시간을 눈물로 채워서 사랑의 세

계를 완성할까요

생명

닻과 키를 잃고 거친 바다에 표류된 작은 생명의 배는
아직 발견도 아니된 황금의 나라를 꿈꾸는
한 줄기 희망의 나침반이 되고 항로가 되고
순풍이 되어서, 물결의 한 끝은 하늘을 치고,
다른 물결의 한 끝은 땅을 치는 무서운 바다에 배질
합니다.

님이여, 님에게 바치는 이 작은 생명을 힘껏 껴안아
주서요
이 작은 생명이 님의 품에서 으스러진다하여도
환희의 영지(靈地)에서 순정(殉情)한 생명의 파편은
최귀(最貴)한 보석이 되어서 조각조각이 적당히 이어
져서
님의 가슴에 사랑의 휘장을 걸겠습니다.
님이여, 끝없는 사막에 한 가지의 깃들일 나무도 없는
작은 새인 나의 생명을 님의 가슴에
으스러지도록 껴안아 주서요
그리고 부서진 생명의 조각조각에 입 맞춰 주서요

슬픔의 삼매

하늘의 푸른빛과 같이 깨끗한 죽음은
군동(群動)을 정화(淨化)합니다.
허무의 빛인 고요한 밤은 대지에 군림하였습니다.
힘없는 촛불 아래에 사리뜨리고 외로이 누워 있는
오오, 님이여!
눈물의 바다에 꽃배를 띄웠습니다.
꽃배는 님을 싣고 소리도 없이 가라앉았습니다.
나는 슬픔의 삼매(三昧)에 '아공(我空)'이 되었습니다.

꽃향기의 무르녹은 안개에 취하여 청춘의 광야에
비틀걸음치는 미인이여!
죽음을 기러기 털보다도 가볍게 여기고,
가슴에서 타오르는 불꽃을 얼음처럼 마시는
사랑의 광인이여!
아아, 사랑에 병들어 자기의 사랑에게
자살을 권고하는 사랑의 실패자여!
그대는 만족한 사랑을 받기 위하여 나의 팔에 안겨요
나의 팔은 그대의 사랑의 분신인 줄을 그대는 왜 모르셔요

꿈과 근심

밤 근심이 하 길기에
꿈도 길 줄 알았더니
님을 보러 가는 길에
반도 못가서 깨었구나.

새벽 꿈이 하 짧기에
근심도 짧을 줄 알았더니
근심에서 근심으로
끝간 데를 모르겠다.

만일 님에게도
꿈과 근심이 있거든
차라리
근심이 꿈 되고 꿈이 근심 되어라.

비방

세상은 비방도 많고 시기도 많습니다.
당신에게 비방과 시기가 있을지라도 관심치 마셔요
비방을 좋아하는 사람들은
태양에 흑점이 있는 것도 다행으로 생각합니다.
당신에게 대하여는 비방할 것이 없는 그것을 비방할
는지 모르겠습니다.

조는 사자를 죽은 양이라고 할지언정,
당신이 시련을 받기 위하여 도적에게 포로가 되었다고
그것을 비겁이라고 할 수는 없습니다.
달빛을 갈꽃으로 알고 흰모래 위에서 갈매기를 이웃
하여
잠자는 기러기를 음란하다고 할지언정, 정직한 당신이
교활한 유혹에 속아서 청루에 들어갔다고,
당신을 지조가 없다고 할 수는 없습니다.
당신에게 비방과 시기가 있을지라도 관심치 마셔요

당신을 보았습니다

당신이 가신 뒤로 나는 당신을 잊을 수가 없습니다.
까닭은 당신을 위하느니보다 나를 위함이 많습니다.

나는 갈고 심을 땅이 없으므로 추수가 없습니다.
저녁거리가 없어서 조나 감자를 꾸러 이웃집에 갔더니,
주인은 '거지는 인격이 없다. 인격이 없는 사람은 생명이 없다. 너를 도와주는 것은 죄악이다'고 말하였습니다.
그 말을 듣고 돌아올 때에 쏟아지는 눈물 속에서 당신을 보았습니다.

나는 집도 없고 다른 까닭을 겸하여 민적(民籍)이 없습니다.
'민적 없는 자는 인권이 없다.
인권이 없는 너에게 무슨 징조냐 하고
능욕하려는 장군이 있었습니다.
그를 항거한 뒤에, 남에게 대한 격분이 스스로의 슬픔으로
화(化)하는 찰나에 당신을 보았습니다.

아아! 온갖 윤리, 도덕, 법률은 칼과 황금을 제사지내는
연기인 줄을 알았습니다.
영원의 사랑을 받을까,
인간 역사의 첫 페이지에 잉크칠을 할까,
술을 마실까 망설일 때에 당신을 보았습니다.

심은 버들

뜰 앞에 버들을 심어
님의 말을 매렸더니
님은 가실 때에
버들을 꺾어 말채찍을 하였습니다.

버들마다 채찍이 되어서
님을 따르는 나의 말도 채칠까 하였더니
남은 가지 천만사는
해마다 해마다 보낸 한을 잡아맵니다.

꽃이 먼저 알아

옛집을 떠나서 다른 시골의 봄을 만났습니다.

꿈은 이따금 봄바람을 따라서 아득한 옛터에 이릅니다.

지팡이는 푸르고 푸른 풀빛에 묻혀서, 그림자와 서로 따릅니다.

길가에서 이름도 모르는 꽃을 보고서,

행여 근심을 잊을까 하고 앉았습니다.

꽃송이에는 아침이슬이 아직 마르지 아니한가 하였더니,

아아, 나의 눈물이 떨어진 줄이야 꽃이 먼저 알았습니다.

인과율

당신은 옛 맹세를 깨치고 가십니다.
당신의 맹세는 얼마나 참되었습니까.
그 맹세를 깨치고 가는 이별은 믿을 수가 없습니다.
참 맹세를 깨치고 가는 이별은 옛 맹세로 돌아올 줄을 압니다.
그것은 엄숙한 인과율(因果律)입니다.
나는 당신과 떠날 때에 입맞춘 입술이 마르기 전에
당신이 돌아와서 다시 입맞추기를 기다립니다.

그러나 당신의 가시는 것은 옛 맹세를 깨치려는
고의가 아닌 줄을 나는 압니다.

비록 당신이 지금의 이별을 영원히 깨치지 않는다 하여도,
당신의 최후의 접촉을 받은 나의 입술을
다른 남자의 입술에 댈 수는 없습니다.

어디라도

아침에 일어나서 세수하려고 대야에 물을 떠다 놓으면,
당신은 대야 안의 가는 물결이 되어서
나의 얼굴 그림자를 불쌍한 아기처럼 얼러줍니다.

근심을 잊을까 하고 꽃동산에 거닐 때에
당신은 꽃 사이를 스쳐오는 봄바람이 되어서, 시름없는
나의 마음에 꽃향기를 묻혀주고 갑니다.

당신을 기다리다 못하여 잠자리에 누웠더니
당신은 고요한 어둔 빛이 되어서 나의 잔부끄럼을 살
뜰히도 덮어줍니다.

어디라도 눈에 보이는 데마다 당신이 계시기에
눈을 감고 구름 위와 바다 밑을 찾아보았습니다.

당신은 미소가 되어서 나의 마음에 숨었다가, 나의 감
은 눈에 입맞추고
'네가 나를 보느냐고 조롱합니다.

우는 때

꽃핀 아침, 달 밝은 저녁, 비오는 밤,
그때가 가장 님 기루운 때라고 남들은 말합니다.
나도 같은 고요한 때로는, 그때에 많이 울었습니다.

그러나 나는 여러 사람이 모여서 말하고 노는 그때에
더 울게 됩니다.
님 있는 여러 사람들은 나를 위로하여 좋은 말을 합
니다마는,
나는 그들의 위로하는 말을 조소로 듣습니다.
그때에는 울음을 삼켜서, 눈물을 속으로 창자를 향하
여 흘립니다.

수의 비밀

나는 당신의 옷을 다 지어놓았습니다.
심의도 짓고, 도포도 짓고, 자리옷도 지었습니다.
짓지 아니한 것은 작은 주머니에 수놓는 것뿐입니다.

그 주머니는 나의 손때가 많이 묻었습니다.
짓다가 놓아두고 짓다가 놓아두고 한 까닭입니다.
다른 사람들은 나의 바느질 솜씨가 없는 줄로 알지마는,
그러한 비밀은 나밖에 아는 사람이 없습니다.
나는 마음이 아프고 쓰린 때에 주머니에 수(繡)를 놓으려면,
나의 마음은 수놓는 금실을 따라서 바늘구멍으로 들어가고,
주머니 속에서 맑은 노래가 나와서 나의 마음이 됩니다.
그리고 아직 이 세상에는, 그 주머니에 넣을 만한 무슨 보물이 없습니다.
이 작은 주머니는 짓기 싫어서 짓지 못하는 것이 아니라, 짓고 싶어도 다 짓지 않는 것입니다.

버리지 아니하면

나는 잠자리에 누워서 자다가 깨고 깨다가 잘 때에,
　외로운 등잔불은 각근(恪勤)한 파수꾼처럼 온 밤을 지
킵니다.
　당신이 나를 버리지 아니하면, 나는 일생의 등잔불이 되어서
　당신의 백년을 지키겠습니다.

　나는 책상 앞에 앉아서 여러 가지 글을 볼 때에, 내가
요구만 하면,
　글은 좋은 이야기도 하고, 맑은 노래도 부르고, 엄숙
한 교훈도 줍니다.
　당신이 나를 버리지 아니하면, 나는 복종의 백과전서
가 되어서 당신의 요구를 순응하겠습니다.

　나는 거울을 대하여 당신의 키스를 기다리는 입술을 볼 때에
　속임 없는 거울은 내가 웃으면 거울도 웃고, 내가 찡
그리면 거울도 찡그립니다.
　당신이 나를 버리지 아니하면, 나는 마음의 거울이 되어서,
　속임 없이 당신의 고락을 같이 하겠습니다.

'사랑'을 사랑하여요

당신의 얼굴은 봄하늘의 고요한 별이어요

그러나 찢어진 구름 사이로 돌아오는, 반달 같은 얼굴이 없는 것이 아닙니다.

만일 어여쁜 얼굴만을 사랑한다면,

왜 나의 베갯모에 달을 수놓지 않고 별을 수놓아요

당신의 마음은 티 없는 순옥이어요

그러나 곱기도 밝기도 굳기도, 보석 같은 마음이 없는 것이 아닙니다.

만일 아름다운 마음만을 사랑한다면,

왜 나의 반지를 보석으로 아니하고 옥으로 만들어요

당신의 시(詩)는 봄비에 새로 눈트는 금결 같은 버들이어요

그러나 기름 같은 검은 바다에 피어오르는

백합꽃 같은 시가 없는 것이 아닙니다.

만일 좋은 문장만을 사랑한다면, 왜 내가 꽃을 노래하지 않고

버들을 찬미하여요

온 세상 사람이 나를 사랑하지 아니할 때에,

당신만이 나를 사랑하였습니다.

나는 당신을 사랑하여요. 나는 당신의 '사랑'을 사랑하여요

요술

가을 홍수가 작은 시내의 쌓인 낙엽을 휩쓸어 가듯이,
당신은 나의 환락의 마음을 빼앗아 갔습니다.
나에게 남은 마음은 고통뿐입니다.
그러나 나는 당신을 원망할 수는 없습니다.
당신이 가기 전에는 나의 고통의 마음을 빼앗아 간
까닭입니다.
만일 당신이 환락의 마음과 고통의 마음을 동시에 빼
앗아 간다하면,
나에게는 아무 마음도 없겠습니다.

나는 하늘의 별이 되어서 구름의 면사로 낯을 가리고
숨어 있겠습니다.
나는 바다의 진주가 되었다가, 당신의 구두에 단추가
되겠습니다.
당신이 만일 별과 진주를 따서 게다가 마음을 넣어
다시 당신의 님을 만든다면, 그때에는 환락의 마음을
넣어 주서요
부득이 고통의 마음도 넣어야 하겠거든,

당신의 고통을 빼어다가 넣어 주서요

그리고 마음을 빼앗아가는 요술은 나에게는 가르쳐 주지 마서요

그러면 지금의 이별이 사랑의 최후는 아닙니다.

여름밤이 길어요

　당신이 계실 때에는 겨울밤이 짧더니,
　당신이 가신 뒤에는 여름밤이 길어요
　책력의 내용이 그릇되었나 하였더니, 개똥불이 흐르고
벌레가 웁니다.
　긴 밤은 어디서 오고, 어디로 가는 줄을 분명히 알았
습니다.
　긴 밤은 근심 바다의 첫 물결에서 나와서, 슬픈 음악
이 되고 아득한 사막이 되더니 필경 절벽의 성 너머로
가서 악마의 웃음 속으로 들어갑니다.

　그러나 당신이 오시면, 나는 사랑의 칼을 가지고
　긴 밤을 베어서 일천 도막을 내겠습니다.
　당신이 계실 때는 겨울밤이 짧더니,
　당신이 가신 뒤는 여름밤이 길어요

명상

아득한 명상의 작은 배는 가이없이 출렁거리는 달빛의 물결에 표류되어

멀고 먼 별나라를 넘고 또 넘어서 이름도 모르는 나라에 이르렀습니다.

이 나라에는 어린 아기의 미소와 봄 아침과 바다소리가 합하여

사람이 되었습니다.

이 나라 사람은 옥쇄의 귀한 줄도 모르고, 황금을 밟고 다니고

미인의 청춘을 사랑할 줄도 모릅니다.

이 나라 사람은 웃음을 좋아하고, 푸른 하늘을 좋아합니다.

명상의 배를 이 나라의 궁전에 매었더니,

이 나라 사람들은 나의 손을 잡고 같이 살자고 합니다.

그러나 나는 님이 오시면, 그의 가슴에 천국을 꾸미려고 돌아왔습니다.

달빛의 물결은 흰구름을 머리에 이고, 춤추는

어린 풀의 장단을 맞추어 우쭐거립니다.

오서요

오서요 당신은 오실 때가 되었어요, 어서 오서요.
당신은 당신이 오실 때가 언제인지 아십니까.
당신이 오실 때는 나의 기다리는 때입니다.

당신은 나의 꽃밭으로 오서요
나의 꽃밭에는 꽃들이 피어 있습니다.
만일 당신을 좇아오는 사람이 있으면,
당신은 꽃 속으로 들어가서 숨으십시오
나는 나비가 되어서 당신 숨은 꽃 위에 가서 앉겠습
니다.
그러면 좇아오는 사람이 당신을 찾을 수는 없습니다.
오서요 당신은 오실 때가 되었습니다. 어서 오서요

당신은 나의 품으로 오서요
나의 품에는 부드러운 가슴이 있습니다.
만일 당신을 좇아오는 사람이 있으면,
당신은 머리를 숙여서 나의 가슴에 대십시오
나의 가슴은 당신이 만질 때에는 물같이 보드랍지마는,

당신의 위험을 위하여는 황금의 칼도 되고, 강철의 방패도 됩니다.

나의 가슴은 말굽에 밟힌 낙화가 될지언정,

당신의 머리가 나의 가슴에서 떨어질 수는 없습니다.

그러면 좇아오는 사람이 당신에게 손을 댈 수는 없습니다.

오셔요. 당신은 오실 때가 되었습니다. 어서 오셔요

당신은 나의 죽음 속으로 오셔요

죽음은 당신을 위하여 준비가 언제든지 되어 있습니다.

만일 당신을 좇아오는 사람이 있으면, 당신은 나의 죽음의 뒤에 서십시오

죽음은 허무와 만능이 하나입니다.

죽음의 사랑은 무한인 동시에 무궁입니다.

죽음의 앞에는 군함과 포대가 티끌이 됩니다.

죽음의 앞에는 강자와 약자가 벗이 됩니다.

그러면 좇아오는 사람이 당신을 잡을 수는 없습니다.

오셔요. 당신은 오실 때가 되었습니다. 어서 오셔요

고대

당신은 나로 하여금 날마다 날마다 당신을 기다리게 합니다.

해가 저물어 산 그림자가 촌집을 덮을 때에,

나는 기약 없는 기대를 가지고 마을 숲 밖에 가서 기다리고 있습니다.

소를 몰고 오는 아이들의 풀잎피리는 제소리에 목메입니다.

먼 나무로 돌아가는 새들은 저녁연기에 헤엄칩니다.

숲들은 바람과의 유희를 그치고 잠잠히 섰습니다.

그것은 나에게 동정하는 표상입니다.

시내를 따라 굽이친 모랫길이 어둠의 품에 안겨서 잠들 때에,

나는 고요하고 아득한 하늘에 긴 한숨의 사라진

자취를 남기고, 게으른 걸음으로 돌아옵니다.

당신은 나로 하여금 날마다 날마다 당신을 기다리게 합니다.

어둠의 입이 황혼의 엷은 빛을 삼킬 때에,

나는 시름없이 문 밖에 서서 당신을 기다립니다.

다시 오는 별들은 고운 눈으로 반가운 표정을 빛내면서 머리를 조아 다투어 인사합니다.

풀 사이의 벌레들은 이상한 노래로, 백주(白晝)의 모든 생명의 전쟁을 쉬게 하는 평화의 밤을 공양(供養)합니다.

네모진 작은 못의 연잎 위에 발자취 소리를 내는 실 없는 바람이

나를 조롱할 때에 나는 아득한 생각이 날카로운 원망으로 화합니다.

당신은 나로 하여금 날마다 날마다 당신을 기다리게 합니다.

일정한 보조로 걸어가는 사정없는 시간이 모든 희망을 채찍질하여

밤과 함께 몰아갈 때에, 나는 쓸쓸한 잠자리에 누워서 당신을 기다립니다.

가슴 가운데의 저기압은 인생의 해안에 폭풍우를 지어서,

삼천세계(三千世界)는 유실되었습니다.

벗을 잃고 견디지 못하는 가엾은 잔나비는

정(情)의 삼림에서 저의 숨에 질식되었습니다.

우주와 인생의 근본문제를 해결하는 대철학은

눈물의 삼매(三昧)에 입정(入定)되었습니다.

나의 '기다림'은 나를 찾다가 못 찾고 저의 자신까지
잃어버렸습니다.

군말

'님'만 님이 아니라 기룬 것은 다 님이다. 중생(衆生)이 석가(釋迦)의 님이라면 철학은 칸트의 님이다. 장미화의 님이 봄이라면, 마찌니의 님은 이탈리아이다. 님은 내가 사랑할 뿐 아니라 나를 사랑하느니라.

연애가 자유라면 님도 자유일 것이다. 그러나 너희는 이름 좋은 자유의 알뜰한 구속(拘束)을 받지 않느냐. 너에게도 님이 있느냐. 있다면 님이 아니라 너의 그림자니라.

나는 해 저문 벌판에서 돌아가는 길을 잃고 헤매는 어린 양(羊)이 기루어서 이 시를 쓴다.

꽃싸움

당신은 두견화를 심을 때에 '꽃이 피거든 꽃싸움하자'고 나에게 말하였습니다.

꽃은 피어서 시들어 가는데, 당신은 옛 맹세를 잊으시고 아니오십니까.

나는 한 손에 붉은 꽃수염을 가지고 한 손에 흰 꽃수염을 가지고,

꽃싸움을 하여서 이기는 것은 당신이라 하고, 지는 것은 내가 됩니다.

그러나 정말로 당신을 만나서 꽃싸움을 하게 되면,

나는 붉은 꽃수염을 가지고 당신은 흰 꽃수염을 가지게 합니다.

그러면 당신은 나에게 번번이 지십니다.

그것은 내가 이기기를 좋아하는 것이 아니라,

당신이 나에게 지기를 기뻐하는 까닭입니다.

번번이 이긴 나는 당신에게 우승의 상을 달라고 조르겠습니다.

그러면 당신은 빙긋이 웃으며, 나의 뺨에 입맞추겠

습니다.

　꽃은 피어서 시들어 가는데 당신은 옛 맹세를 잊으시고 아니 오십니까.

님의 손길

님의 사랑은 강철을 녹이는 불보다도 뜨거운데,
님의 손길은 너무 차서 한도가 없습니다.
나는 이 세상에서 서늘한 것도 보고
찬 것도 보았습니다.
그러나 님의 손길같이 찬 것은 볼 수가 없습니다.

국화 핀 서리 아침에 떨어진 잎새를 울리고
오는, 가을바람도 님의 손길보다는 차지 못합니다.
달이 작고 별에 뿔나는 겨울밤에, 얼음 위에 쌓인 눈도
님의 손길보다는 차지 못합니다.
감로와 같이 청량한 선사(禪師)의 설법도
님의 손길보다는 차지 못합니다.

나의 작은 가슴에 타오르는 불꽃은
님의 손길이 아니고는 끄는 수가 없습니다.
님의 손길의 온도를 측량할만한 한란계는
나의 가슴 밖에는 아무데도 없습니다.
님의 사랑은 불보다도 뜨거워서,

근심 산(山)을 태우고 한(恨) 바다를 말리는데,
님의 손길은 너무도 차서 한도가 없습니다.

차라리

님이여, 오서요. 오시지 아니하려면 차라리 가서요. 가려다 오고 오려다 가는 것은 나에게 목숨을 빼앗고 죽음도 주지 않는 것입니다.

님이여, 나를 책망하려거든 차라리 큰소리로 말씀하여 주서요, 침묵으로 책망하지 말고. 침묵으로 책망하는 것은 아픈 마음을 얼음 바늘로 찌르는 것입니다.

님이여, 나를 아니 보려거든 차라리 눈을 돌려서 감으서요. 흐르는 곁눈으로 흘겨보지 마서요. 곁눈으로 흘겨보는 것은 사랑의 보(褓)에 가시의 선물을 싸서 주는 것입니다.

의심하지 마셔요

의심하지 마셔요. 당신과 떨어져 있는 나에게 조금도 의심을 두지 마셔요.

의심을 둔대야 나에게는 별로 관계가 없으나 부질없이 당신에게 고통의 숫자만 더할 뿐입니다.

나는 당신의 첫사랑의 팔에 안길 때에 온갖 거짓의 옷을 다 벗고 세상에 나온 그대로의 발가벗은 몸을 당신의 앞에 놓았습니다.

지금까지도 당신의 앞에는 그때에 놓아 둔 몸을 그대로 받들고 있습니다.

만일 인위(人爲)가 있다면 '어찌 하여야 처음 마음을 변치 않고 끝끝내 거짓 없는 몸을 님에게 바칠꼬' 하는 마음뿐입니다.

당신의 명령이라면 생명의 옷까지도 벗겠습니다.

나에게 죄가 있다면 당신을 그리워하는 나의 '슬픔'입니다.

당신이 가실 때에 나의 입술에 수없이 입맞추고 '부디

나에게 대하여 슬퍼하지 말고 잘 있으라'고 한 당신의
간절한 부탁에 위반되는 까닭입니다.

  그러나 그것만은 용서하여 주서요
  당신을 그리워하는 슬픔은 곧 나의 생명인 까닭입니다.
  만일 용서하지 아니하면 후일에 그에 대한 벌을 풍우
(風雨)의 봄 새벽의 낙화의 수(數)만치라도 받겠습니다.
  당신의 사랑의 동아줄에 휘감기는 체형(體刑)도 사양
치 않겠습니다.
  당신의 사랑의 혹법(酷法) 아래에 일만 가지로 복종하
는 자유형(自由刑)도 받겠습니다.

  그러나 당신이 나에게 의심을 두시면 당신의 의심의
허물과 나의 슬픔의 죄를 맞비기고 말겠습니다.
  당신에게 떨어져 있는 나에게 의심을 두지 마서요 부
질없이 당신에게 고통의 숫자를 더하지 마서요

당신은

당신은 나를 보면 왜 늘 웃기만 하서요. 당신의 찡그리는 얼굴을 좀 보고 싶은데.

나는 당신을 보고 찡그리기는 싫어요. 당신은 찡그리는 얼굴을 싫어하실 줄을 압니다.

그러나 떨어진 도화가 날아서 당신의 입술을 스칠 때에 나는 이마가 찡그려지는 줄도 모르고 울고 싶었습니다.

그래서 금실로 수놓은 수건으로 얼굴을 가렸습니다.

첫 키스

마셔요, 제발 마셔요
보면서 못 보는 체 마셔요
마셔요, 제발 마셔요
입술을 다물고 눈으로 말하지 마셔요
마셔요, 제발 마셔요
뜨거운 사랑에 웃으면서 차디찬 잔 부끄럼에 울지 마
셔요
마셔요, 제발 마셔요
세계의 꽃을 혼자 따면서 항분(亢奮)에 넘쳐서 떨지
마셔요
마셔요, 제발 마셔요
미소는 나의 운명의 가슴에서 춤을 춥니다. 새삼스럽
게 스스러워 마셔요

'?'

희미한 졸음이 활발한 님의 발자취 소리에 놀라 깨어 무거운 눈썹을 이기지 못하면서 창을 열고 내다보았습니다.

동풍에 몰리는 소낙비는 산모롱이를 지나가고, 뜰 앞의 파초 잎 위에 빗소리의 남은 음파(音波)가 그네를 뜁니다.

감정과 이지(理智)가 마주치는 찰나에 인면(人面)의 악마와 수심(獸心)의 천사가 보이려다 사라집니다.

흔들어 빼는 님의 노래가락에, 첫잠 든 어린 잔나비의 애처로운 꿈이, 꽃 떨어지는 소리에 깨었습니다.

죽은 밤을 지키는 외로운 등잔불의 구슬꽃이 제 무게를 이기지 못하여 고요히 떨어집니다.

미친 불에 타오르는 불쌍한 영(靈)은 절망의 북극에서 신세계를 탐험합니다.

사막의 꽃이여, 그믐밤의 만월이여, 님의 얼굴이여.

피려는 장미화는 아니라도 갈지 않은 백옥인 순결한

나의 입술은 미소에 목욕 감는 그 입술에 채 닿지 못하였습니다.

움직이지 않는 달빛에 눌리운 창에는 저의 털을 가다듬는 고양이의 그림자가 오르락내리락합니다.

아아, 불(佛)이냐 마(魔)냐 인생이 티끌이냐 꿈이 황금이냐.

작은 새여, 바람에 흔들리는 약한 가지에서 잠자는 작은 새여.

정천한해

가을하늘이 높다기로
정(情)하늘을 따를소냐.
봄바다가 깊다기로
한(恨)바다만 못하리라.

높고 높은 정하늘이
싫은 것은 아니지만
손이 낮아서
오르지 못하고
깊고 깊은 한바다가
병 될 것은 없지마는
다리가 짧아서
건너지 못한다.

손이 자라서 오를 수만 있으면
정하늘은 높을수록 아름답고,
다리가 길어서 건널 수만 있으면
한바다는 깊을수록 묘하니라.

만일 정하늘이 무너지고 한바다가 마른다면
차라리 정천(情天)에 떨어지고 한해(恨海)에 빠지리라.

아아, 정하늘이 높은 줄만 알았더니
님의 이마보다는 낮다.
아아, 한바다가 깊은 줄만 알았더니
님의 무릎보다는 얕다.

손이야 낮든지 다리야 짧든지
정(情)하늘에 오르고 한(恨)바다를 건너려면
님에게만 안기리라.

그를 보내며

그는 간다, 그가 가고 싶어서 가는 것도 아니요, 내가
보내고 싶어서 보내는 것도 아니지만, 그는 간다.

그의 붉은 입술, 흰 이, 가는 눈썹이 어여쁜 줄만 알았
더니 구름 같은 뒷머리, 실버들 같은 허리, 구슬 같은 발
꿈치가 보다도 아름답습니다.

걸음이 걸음보다 멀어지더니 보이려다 말고 말려다
보인다.

사람이 멀어질수록 마음은 가까워지고 마음이 가까워
질수록 사람은 멀어진다.

보이는 듯한 것이 그의 흔드는 수건인가 하였더니 갈
매기보다도 작은 조각구름이 난다.

어느 것이 참이냐

얇은 사(紗)의 장막(帳幕)이 작은 바람에 휘둘려서 처녀의 꿈을 훕싸듯이 자취도 없는 당신의 사랑은 나의 청춘을 휘감습니다.

발딱거리는 어린 피는 고요하고 맑은 천국의 음악에 춤을 추고 헐떡이는 작은 영(靈)은 소리 없이 떨어지는 천화(天花)의 그늘에 잠이 듭니다.

가는 봄비가 드리운 버들에 둘려서 푸른 연기가 되듯이, 끝도 없는 당신의 정(情)실이 나의 잠을 얽습니다.

바람을 따라가려는 짧은 꿈은 이불 안에서 몸부림치고, 강 건너 사람을 부르는 바쁜 잠꼬대는 목 안에서 그네를 뜁니다.

비낀 달빛이 이슬에 젖은 꽃수풀을 싸라기처럼 부시듯이 당신의 떠난 한은 드는 칼이 되어서 나의 애를 도막도막 끊어 놓았습니다.

문 밖의 시냇물은 물결을 보태려고 나의 눈물을 받으

면서 흐르지 않습니다.

　봄동산의 미친 바람은 꽃 떨어뜨리는 힘을 더하려고
나의 한숨을 기다리고 섰습니다.

금강산

만 이천 봉! 무양(無恙)하냐 금강산아.

너는 너의 님이 어디서 무엇을 하는지 아느냐.

너의 님은 너 때문에 가슴에서 타오르는 불꽃에 온갖 종교· 철학· 명예· 재산, 그 외에도 있으면 있는 대로 태워버리는 줄을 너는 모르리라.

너는 꽃에 붉은 것이 너냐

너는 잎에 푸른 것이 너냐

너는 단풍에 취한 것이 너냐

너는 백설(白雪)에 깨인 것이 너냐.

나는 너의 침묵을 잘 안다.

너는 철모르는 아이들에게 종작없는 찬미를 받으면서 시쁜 웃음을 참고 고요히 있는 줄을 나는 잘 안다.

그러나 너는 천당이나 지옥이나 하나만 가지고 있으려무나.

꿈 없는 잠처럼 깨끗하고 단순하란 말이다.

나도 짧은 갈고리로 강 건너의 꽃을 꺾는다고 큰말

하는 미친 사람은 아니다. 그래서 침착하고 단순하려고
한다.

　나는 너의 입김에 불려오는 조각구름에 키스한다.

　만 이천 봉! 무양하냐 금강산아.

　너는 너의 님이 어디서 무엇을 하는지 모르지.

낙원은 가시덤불에서

　죽은 줄 알았던 매화나무 가지에 구슬 같은 꽃망울을 맺혀주는 쇠잔한 눈 위에 가만히 오는 봄기운은 아름답기도 합니다.

　그러나 그 밖에 다른 하늘에서 오는 알 수 없는 향기는 모든 꽃의 죽음을 가지고 다니는 쇠잔한 눈이 주는 줄을 아십니까.

　구름은 가늘고 시냇물은 얕고 가을산은 비었는데 파리한 바위 사이에 실컷 붉은 단풍은 곱기도 합니다.

　그러나 단풍은 노래도 부르고 울음도 웁니다. 그러한 '자연의 인생'은 가을바람의 꿈을 따라 사라지고 기억에만 남아있는 지난여름의 무르녹은 녹음이 주는 줄을 아십니까.

　일경초(一莖草)가 장육금신(丈六金身)이 되고 장육금신이 일경초가 됩니다.

　천지는 한 보금자리요 만유(萬有)는 같은 소조(小鳥)입니다.

나는 자연의 거울에 인생을 비춰보았습니다.

　고통의 가시덤불 뒤에 환희의 낙원을 건설하기 위하
여 님을 떠난, 나는 아아 행복입니다.

만족

세상에 만족이 있느냐, 인생에게 만족이 있느냐,
있다면 나에게도 있으리라.

세상에 만족이 있기는 있지마는 사람의 앞에만 있다.
거리는 사람의 팔 길이와 같고 속력은 사람의 걸음과
비례가 된다.

만족은 잡을래야 잡을 수도 없고 버릴래야 버릴 수도
없다.
만족을 얻고 보면 얻은 것은 불만족이요, 만족은 의연
히 앞에 있다.

만족은 우자(愚者)나 성자(聖者)의 주관적 소유가 아니
면 약자의 기대뿐이다.
만족은 언제든지 인생과 수적평행(竪的平行)이다.
나는 차라리 발꿈치를 돌려서 만족의 묵은 자취를 밟
을까 하노라.

아아, 나는 만족을 얻었노라.

아지랑이 같은 꿈과 금(金)실 같은 환상이 님 계신 꽃
동산에 둘릴 때에 아아, 나는 만족을 얻었노라.

선사의 설법

나는 선사의 설법을 들었습니다.

"너는 사랑의 쇠사슬에 묶여서 고통을 받지 말고 사랑의 줄을 끊어라. 그러면 너의 마음이 즐거우리라"고 선사는 큰소리로 말하였습니다.

그 선사는 어지간히 어리석습니다.

사랑의 줄에 묶인 것이 아프기는 아프지만 사랑의 줄을 끊으면 죽는 것보다도 더 아픈 줄을 모르고 말입니다.

사랑의 속박은 단단히 얽어매는 것이 풀어주는 것입니다.

그러므로 대해탈(大解脫)은 속박에서 얻는 것입니다.

님이여, 나를 얽은 님의 사랑의 줄이 약할까 봐서 나의 님을 사랑하는 줄을 곱드렸습니다.

논개의 애인이 되어서 그의 묘에

낮과 밤으로 흐르고 흐르는 남강(南江)은 가지 않습니다.

바람과 비에 우두커니 섰는 촉석루는 살 같은 광음(光陰)을 따라서 달음질칩니다.

논개여, 나에게 울음과 웃음을 동시에 주는 사랑하는 논개여.

그대는 조선의 무덤 가운데 피었던 좋은 꽃의 하나이다. 그래서 그 향기는 썩지 않는다.

나는 시인으로 그대의 애인이 되었노라.

그대는 어디 있느뇨, 죽지 않은 그대가 이 세상에는 없구나.

나는 황금의 칼에 베어진 꽃과 같이 향기롭고 애처로운 그대의 당년(當年)을 회상한다.

술 향기에 목마친 고요한 노래는 옥(獄)에 묻힌 썩은 칼을 울렸다.

춤추는 소매를 안고 도는 무서운 찬바람은 귀신나라의 꽃수풀을 거쳐서 떨어지는 해를 얼렸다.

가냘픈 그대의 마음은 비록 침착하였지만 떨리는 것

보다도 더욱 무서웠다.

　아름답고 무독(無毒)한 그대의 눈은 비록 웃었지만 우는 것보다도 더욱 슬펐다.

　붉은 듯하다가 푸르고 푸른 듯하다가 희어지며, 가늘게 떨리는 그대의 입술은 웃음의 조운(朝雲)이냐, 울음의 모우(暮雨)이냐, 새벽달이 비밀이냐, 이슬꽃의 상징이냐.

　삐삐 같은 그대의 손에 꺾이지 못한 낙화대(落花臺)의 남은 꽃은 부끄럼에 취하여 얼굴이 붉었다.

　옥 같은 그대의 발꿈치에 밟힌 강 언덕의 묵은 이끼는 교긍(驕矜)에 넘쳐서 푸른 사롱(紗籠)으로 자기의 제명(題名)을 가리었다.

　아아, 나는 그대도 없는 빈 무덤 같은 집을 그대의 집이라고 부릅니다.

　만일 이름뿐이나마 그대의 집도 없으면 그대의 이름을 불러 볼 기회가 없는 까닭입니다.

　나는 꽃을 사랑합니다마는 그대의 집에 피어있는 꽃

을 꺾을 수는 없습니다.

그대의 집에 피어있는 꽃을 꺾으려면 나의 창자가 먼저 꺾여지는 까닭입니다.

나는 꽃을 사랑합니다마는 그대의 집에 꽃을 심을 수는 없습니다.

그대의 집에 꽃을 심으려면 나의 가슴에 가시가 먼저 심어지는 까닭입니다.

용서하여요 논개여, 금석(金石) 같은 굳은 언약을 저버린 것은 그대가 아니요 나입니다.

용서하여요 논개여, 쓸쓸하고 호젓한 잠자리에 외로이 누워서 끼친 한(恨)에 울고 있는 것은 내가 아니요 그대입니다.

나의 가슴에 '사랑'의 글자를 황금으로 새겨서 그대의 사당(祠堂)에 기념비를 세운들 그대에게 무슨 위로가 되오리까.

나의 노래에 '눈물'의 곡조를 낙인으로 찍어서 그대의 사당에 제종(祭鍾)을 울린대도 나에게 무슨 속죄가 되오리까.

나는 다만 그대의 유언대로 그대에게 다하지 못한 사랑을 영원히 다른 여자에게 주지 아니할 뿐입니다. 그것은 그대의 얼굴과 같이 잊을 수가 없는 맹세입니다.

용서하여요 논개여, 그대가 용서하면 나의 죄는 신에게 참회를 아니 한대도 사라지겠습니다.

천추(千秋)에 죽지 않는 논개여,

하루도 살 수 없는 논개여,

그대를 사랑하는 나의 마음이 얼마나 즐거우며 얼마나 슬프겠는가?

나는 웃음이 겨워서 눈물이 되고 눈물이 겨워서 웃음이 됩니다.

용서하여요, 사랑하는 오오 논개여.

잠꼬대

"사랑이라는 것은 다 무엇이냐. 진정한 사람에게는 눈물도 없고 웃음도 없는 것이다.

사랑의 뒤웅박을 발길로 차서 깨뜨려버리고 눈물과 웃음을 티끌 속에 합장(合葬)을 하여라.

이지(理智)와 감정을 두드려 깨쳐서 가루를 만들어버려라.

그리고 허무의 절정에 올라가서 어지럽게 춤추고 미치게 노래하여라.

그리고 애인과 악마를 똑같이 술을 먹여라.

그리고 천치가 되든지 미치광이가 되든지 산송장이 되든지 하여버려라.

그래 너는 죽어도 사랑이라는 것은 버릴 수가 없단 말이냐.

그렇거든 사랑의 꽁무니에 도롱태를 달아라.

그래서 내 멋대로 끌고 돌아다니다가 쉬고 싶거든 쉬고 자고 싶거든 자고 살고 싶거든 살고 죽고 싶거든 죽어라.

사람의 발바닥에 말목을 쳐놓고 붙들고 서서 엉엉 우

는 것은 우스운 일이다.

이 세상에는 이마빡에다 '님'이라고 새기고 다니는 사람은 하나도 없다.

연애는 절대자유(絶對自由)요, 정조(貞操)는 유동(流動)이요, 결혼식장은 임간(林間)이다."

나는 잠결에 큰소리로 이렇게 부르짖었다.

아아, 혹성(惑星)같이 빛나는 님의 미소는 흑암(黑闇)의 광선(光線)에서 채 사라지지 아니하였습니다.

잠의 나라에서 몸부림치던 사랑의 눈물은 어느덧 베개를 적셨습니다.

용서하셔요, 님이여. 아무리 잠이 지은 허물이라도 님이 벌을 주신다면, 그 벌을 잠을 주기는 싫습니다.

계월향에게

계월향이여, 그대는 아리땁고 무서운 최후의 미소를 거두지 아니한 채로 대지(大地)의 침대에 잠들었습니다.

나는 그대의 다정(多情)을 슬퍼하고 그대의 무정(無情)을 사랑합니다.

대동강에 낚시질하는 사람은 그대의 노래를 듣고, 모란봉에 밤놀이하는 사람은 그대의 얼굴을 봅니다.

아이들은 그대의 산 이름을 외고, 시인은 그대의 죽은 그림자를 노래합니다.

사람은 반드시 다하지 못한 한(恨)을 끼치고 가게 되는 것이다.

그대는 남은 한이 있는가 없는가, 있다면 그 한은 무엇인가?

그대는 하고 싶은 말을 하지 않습니다.

그대의 붉은 한(恨)은 현란한 저녁놀이 되어서 하늘길을 가로막고 황량한 떨어지는 날을 돌이키고자 합니다.

그대의 푸른 근심은 드리고 드린 버들실이 되어서 꽃
다운 무리를 뒤에 두고 운명의 길을 떠나는 저문 봄을
잡아매려 합니다.

나는 황금의 소반에 아침볕을 받치고 매화가지에 새
봄을 걸어서 그대의 잠자는 곁에 가만히 놓아드리겠습
니다.

자, 그러면 속하면 하룻밤 더디면 한겨울 사랑하는 계
월향이여.

반비례

　당신의 소리는 '침묵'인가요

　당신이 노래를 부르지 아니하는 때에 당신의 노래가
락은 역력히 들립니다그려.

　당신의 소리는 침묵이어요

　당신의 얼굴은 '흑암(黑闇)'인가요

　내가 눈을 감은 때에 당신의 얼굴은 분명히 보입니다
그려.

　당신의 얼굴은 흑암이어요

　당신의 그림자는 '광명'인가요

　당신의 그림자는 달이 넘어간 뒤에 어두운 창에 비칩
니다그려.

　당신의 그림자는 광명이어요

사랑의 불

산천초목에 붙는 불은 수인씨가 내셨습니다.

청춘의 음악에 무도하는 나의 가슴을 태우는 불은 가는 님이 내셨습니다.

촉석루를 안고 돌며 푸른 물결의 그윽한 품에 논개의 청춘을 잠재우는 남강의 흐르는 물아,

모란봉의 키스를 받고 계월향의 무정(無情)을 저주하면서 능라도(綾羅島)를 감돌아 흐르는 실연자(失戀者)인 대동강아,

그대들의 권위로도 애태우는 불은 끄지 못할 줄을 번연히 알지마는 입버릇으로 불러보았다.

만일 그대네가 쓰리고 아픈 슬픔으로 졸이다가 폭발되는 가슴 가운데의 불을 끌 수가 있다면 그대들이 님 그리운 사람을 위하여 노래를 부를 때에 이따금 이따금 목이 메어 소리를 이루지 못함은 무슨 까닭인가.

남들이 볼 수 없는 그대네의 가슴 속에도 애태우는 불꽃이 거꾸로 타들어가는 것을 나는 본다.

오오 님의 정열의 눈물과 나의 감격의 눈물이 마주 닿아서 합류가 되는 때에 그 눈물의 첫 방울로 나의 가슴의 불을 끄고 그 다음 방울을 그대네의 가슴에 뿌려 주리라.

타고르의 시-GARDENISTO-를 읽고

벗이여, 나의 벗이여, 애인의 무덤 위에 피어있는 꽃처럼 나를 울리는 벗이여. 작은 새의 자취도 없는 사막의 밤에 문득 만난 님처럼 나를 기쁘게 하는 벗이여.

그대는 옛 무덤을 깨치고 하늘까지 사무치는 백골의 향기입니다.

그대는 화환을 만들려고 떨어진 꽃을 줍다가 다른 가지에 걸려서 주운 꽃을 헤치고 부르는 절망인 희망의 노래입니다.

벗이여, 깨어진 사랑에 우는 벗이여.

눈물이 능히 떨어진 꽃을 옛 가지에 도로 피게 할 수는 없습니다.

눈물을 떨어진 꽃에 뿌리지 말고 꽃나무 밑의 티끌에 뿌리서요

벗이여, 나의 벗이여.

죽음의 향기가 아무리 좋다 하여도 백골의 입술에 입 맞출 수는 없습니다.

그의 무덤을 황금의 노래로 그물치지 마셔요 무덤 위에 피 묻은 깃대를 세우셔요.

그러나 죽은 대지가 시인의 노래를 거쳐서 움직이는 것을 봄바람은 말합니다.

벗이여, 부끄럽습니다. 나는 그대의 노래를 들을 때에 어떻게 부끄럽고 떨리는지 모르겠습니다.

그것은 내가 나의 님을 떠나서 홀로 그 노래를 듣는 까닭입니다.

구원(久遠) 2

항하사겁(恒河沙劫)의 시간, 천억광년(千億光年)의 공간,
무량수무량수(無量數無量數)의 만유(萬有), 찰나변동(刹
那變動)의 무상(無常).

— 이것이 합(合)하여 우주의 체(體)가 되며 우주의 생
명이 되며, 우주의 가치가 되는도다.

이러한 우주와 우주의 모든 것은 일념(一念)의 위에
건립되나니

그럼으로써 유심(唯心)을 부인하는 유물론도 종교를
배척하는 반종교운동도 모두가 일념에서 건립되는 것이
어든

'일념은 기하(機何[數])의 점(點)이요 회화의 소(素)'다.

구원(久遠) 3

내가 없으면
다른 것이 없다.
마찬가지 다른 것이 없으면
나도 없다.
나와 다른 것을 알게 되는 것은
나도 아니요 다른 것도 아니다.
그러나 나도 없고 다른 것도 없으면
나와 다른 것을 아는 것도 없다.
나는 다른 것의 모음이요,
다른 것은 나의 흩어짐이다.

나와 다른 것을 아는 것은 있는 것도 아니요 없는 것
도 아니렷다.
갈꽃 위의 달빛이요
달 아래의 갈꽃이다.

산골 물

산골 물아
어데서 나서 어데로 가는가.
무슨 일로 그리 쉬지 않고 가는가.
가면 다시 오려는가 아니 오려는가.

물은 아무 말 없이
수없이 엉크러진 등댕굴이 칡덩굴 속으로
작은 닭은 넘어가고
큰 닭은 돌아가면서
쫄쫄쫄쫄 쇠소리가
양안청산(兩岸靑山)에 반향(反響)한다.
그러면
산에서 나서 바다에 이르는 성공의 비결이
이렇단 말인가.

물이야 무슨 마음이 있으랴마는
세간(世間)의 열패자(劣敗者)인 나는
이렇게 설법(說法)을 듣노라.

칠석

"차라리 님이 없이 스스로 님이 되고 살지언정 하늘 위의 직녀성은 되지 않겠어요. 네네" 나는 언제인지 님의 눈을 쳐다보며 조금 아양스런 소리로 이렇게 말하였습니다.

이 말은 견우의 님을 그리는 직녀가 일년에 한 번씩 만나는 칠석을 어찌 기다리나 하는 동정의 저주였습니다.

이 말에는 나는 모란꽃에 취한 나비처럼 일생을 님의 키스에 바쁘게 지내겠다는 교만한 맹세가 숨어 있습니다.

아아, 알 수 없는 것은 운명이요, 지키기 어려운 것은 맹세입니다.

나의 머리가 당신의 팔 위에 도리질을 한 지가 칠석을 열 번이나 지나고 또 몇 번을 지내었습니다.

그러나 그들은 나를 용서하고 불쌍히 여길 뿐이요, 무슨 복수적 저주를 아니 하였습니다.

그들은 밤마다 밤마다 은하수를 새에 두고 마주 건너다보며 이야기하고 놉니다.

그들은 해쭉해쭉 웃는 은하수의 강안(江岸)에서 물을

한 줌씩 쥐어서 서로 던지고 다시 뉘우쳐 합니다.

그들은 물에다 발을 잠그고 반 비슥이 누워서 서로 안 보는 체하고 무슨 노래를 부릅니다.

그들은 갈잎으로 배를 만들고 그 배에다 무슨 글을 써서 물에 띄우고 입김으로 불어서 서로 보냅니다. 그리고 서로 글을 보고 이해하지 못하는 것처럼 잠자코 있습니다.

그들은 돌아갈 때에는 서로 보고 웃기만 하고 아무 말도 아니합니다.

지금은 칠월칠석날 밤입니다.

그들은 난초 실로 주름을 접은 연꽃의 웃옷을 입었습니다.

그들은 한 구슬에 일곱 빛 나는 계수나무 열매의 노리개를 찼습니다.

키스의 술에 취할 것을 상상하는 그들의 뺨은 먼저 기쁨을 못이기는 자기의 열정에 취하여 반이나 붉었습니다.

그들은 오작교를 건너갈 때에 걸음을 멈추고 웃옷의

뒷자락을 검사합니다.

그들은 오작교를 건너서 서로 포옹하는 동안에 눈물과 웃음이 순서를 잃더니 다시금 공경하는 얼굴을 보입니다.

아아, 알 수 없는 것은 운명이요, 지키기 어려운 것은 맹세입니다.

나는 그들의 사랑이 표현인 것을 보았습니다.

진정한 사랑은 표현할 수가 없습니다.

그들은 나의 사랑을 볼 수는 없습니다.

사랑의 신성은 표현에 있지 않고 비밀에 있습니다.

그들이 나를 하늘로 오라고 손짓을 한대도 나는 가지 않겠습니다.

지금은 칠월칠석날 밤입니다.

낙화

　떨어진 꽃이 힘없이 대지의 품에 안길 때
　애처로운 남은 향기가 어데로 가는 줄을 나는 안다.
　가는 바람이 작은 풀과 속삭이는 곳으로 가는 줄을
안다.
　떨어진 꽃이 굴러서 알지 못하는 집의 울타리 사이로
들어갈 때에
　쇠잔한 붉은 빛이 어데로 가는 줄을 나는 안다.
　부끄러움 많고 새암 많고 미소 많은 처녀의 입술로
들어가는 것을 안다.

　떨어진 꽃이 날려서 작은 언덕을 넘어갈 때에
　가엾은 그림자가 어데로 가는 줄을 나는 안다.
　봄을 빼앗아가는 악마의 발밑으로 사라지는 줄을 안다.

산거(山居)

티끌세상을 떠나면
모든 것을 잊는다 하기에
산을 깎아 집을 짓고
돌을 뚫어 샘을 팠다.

구름은 손인양하여
스스로 왔다 스스로 가고
달은 파수꾼도 아니언만
밤을 새워 문을 지킨다.

새소리를 노래라 하고
솔바람을 거문고라 하는 것은
옛사람의 두고 쓰는 말이다.
님 그리워 잠 못 이루는
오고 가지 않는 근심은
오직 작은 베개가 알 뿐이다.

공산(空山)의 적막이여

어데서 한가한 근심을 가져오는가.
차라리 두견성도 없이
고요히 근심을 가져오는
오오 공산의 적막이여.

경초(莖草)

나는 소나무 아래서 놀다가
지팡이로 한줄기 풀을 무찔렀다.
풀은 아무 반항도 원망도 없다.
나는 부러진 풀을 슬퍼한다
부러진 풀은 영원히 이어지지 못한다.

내가 지팡이로 무질지 아니하였으면
풀은 맑은 바람에 춤도 추고 노래도 하며
은(銀) 같은 이슬에 잠자코 키스도 하리라.
모진 바람과 찬 서리에 꺾이는 것이야 어찌하랴마는
나로 말미암아 꺾어진 풀을 슬퍼한다.

사람은 사람의 죽음을 슬퍼한다.
인인지사(仁人志士) 영웅호걸의 죽음을 더 슬퍼한다.
나는 죽으면서도 아무 반항도 원망도 없는 한줄기 풀
을 슬퍼한다.

지는 해

지는 해는
성공한 영웅의 말로(末路)같이
아름답기도 하고 슬프기도 하다.

창창한 남은 빛이
높은 산과 먼 강을 비치어서
현란한 최후를 장식하더니
홀연히 엷은 구름의 붉은 소매로
뚜렷한 얼굴을 슬쩍 가리며
결별의 미소를 띄운다.

큰 강의 급한 물결은 만가(輓歌)를 부르고
뭇 산의 비낀 그림자는 임종의 역사를 쓴다.

해촌의 석양

석양은 갈대지붕을 비쳐서
작은 언덕 잔디밭에 반사되었다.
산기슭의 길을 물 길로 가는 처녀는
한손으로 부신 눈을 가리고 동동걸음을 친다.
반쯤 찡그러진 그의 이마엔
저녁 늦은 근심이 가늘게 눈썹을 눌렀다.

낚싯대를 메고 돌아오는 어부는
갯가에 선 노파를 만나서
멀리 오는 돛대를 가리키면서
무슨 말인지 끊일 줄을 모른다.

서천에 지는 해는
바다의 고별음악을 들으면서
짐짓 머뭇머뭇한다.

강(江) 배

저녁볕을 배불리 받고
거슬러오는 작은 배는
온 강의 맑은 바람을
한 돛에 가득히 실었다.
구슬픈 노 젓는
소리는
봄 하늘에 사라지는데
강가의 술집에서
어떤 사람이 손짓을 한다.

일출

어머님의 품과 같이
대지를 덮어서 잠재우던 어둠의 장막이
동으로부터 서으로
서으로부터 다시 알지 못하는 곳으로
점점 자취를 감춘다.

하늘에 비낀 연분홍의 구름은
그를 환영하는 선녀의 치마는 아니다.
가늘게 춤추는 바다 물결은
고요한 가운데 음악을 조절하면서
붉은 구름에 반영되었다.

물인지 하늘인지
자연의 예술인지 인생의 꿈인지
도무지 알 수 없는 그 가운데로
솟아오르는 햇님의 얼굴은
거룩도 하고 감사도 하다.
그는 숭엄·신비·자애의 화신이다.

눈도 깜짝이지 않고 바라보는 나는
어느 찰나에 햇님의 품으로 들어가 버렸다.
어데서인지 우는 꾸꾸기 소리가
건너 산에 반향된다.

비바람

밤에 온 비바람은
구슬 같은 꽃 수풀을
가엾이도 지쳐놓았다.

꽃이 피는 대로 핀들
봄이 몇 날이나 되랴마는
비바람은 무슨 마음이냐.
아름다운 꽃밭이 아니면
바람 불고 비 올 데가 없더냐.

모순

좋은 달은 이울기 쉽고
아름다운 꽃엔 풍우가 많다.
그것을 모순이라 하는가.

어진 이는 만월을 경계하고
시인은 낙화를 찬미하느니
그것은 모순의 모순이다.

모순이 모순이라면
모순의 모순은 비모순이다.
모순이냐 비모순이냐
모순은 존재가 아니고 주관적이다.

모순의 속에서 비모순을 찾는 가련한 인생
모순은 사람을 모순이라 하느니 아는가.

반달과 소녀

옛 버들의 새 가지에
흔들려 비치는 부서진 빛은
구름 사이의 반달이었다.

뜰에서 놀던 어여쁜 소녀는
'저게 내 빗[梳]이여' 하고 소리쳤다.
발꿈치를 제껴 디디고
고사리 같은 손을 힘 있게 들어
반달을 따려고 강장강장 뛰었다.

따려다 따지 못하고
눈을 할낏 흘기며 손을 들었다.
무릇각시의 머리를 쓰다듬으며
'자장자장' 하더라.

심우장(尋牛莊) 1

잃은 소 없건마는
찾을 손 우습도다.
만일 잃을시 분명타 하면
찾은들 지닐소냐.
차라리 찾지 말면
또 잃지나 않으리라.

심우장 2

선(禪)은 선(禪)이라고 하면 선(禪)이 아니다.

그러나 선이라고 하는 것을 떠나서는 별로히 선이 없는 것이다.

선이면서 선이 아니요

선이 아니면서 선인 것이 이른바 선이다.

…달빛이냐?

갈꽃이냐?

흰모래 위에 갈매기냐?

심우장 3

소 찾기 몇 해런가
풀길이 어지럽구야.
북악산 기슭 안고

해와 달로 감돈다네.
이 마음 가시잖으면
정녕코 만나오리.

찾는 마음 숨는 마음
서로 숨바꼭질 할제
골 아래 흐르는 물
돌길을 뚫고 넘네.
말없이 웃어내거든
소 잡은 줄 아옵소라.

산촌의 여름저녁

산 그림자는 집과 집을 덮고
풀밭에는 이슬 기운이 난다.

질동이 이고 물긷는 처녀는
걸음걸음 넘치는 물에 귀밑을 적신다.

올감자를 캐어 지고 오는 사람은
서쪽 하늘을 자주 보면서 바쁜 걸음을 친다.

살찐 풀에 배부른 송아지는
게을리 누워서 일어나지 않는다.

등거리만 입은 아이들은
서로 다투어 나무를 안아들인다.

하나씩 둘씩 돌아가는 가마귀는
어데로 가는지 알 수가 없다.

사랑의 끝판

네 네, 가요, 지금 곧 가요.
에그, 등불을 켜려다가 초를 거꾸로 꽂았습니다그려.
저를 어쩌나, 저 사람들이 흉보겠네.
님이여, 나는 이렇게 바쁩니다. 님은 나를 게으르다고
꾸짖습니다.
에그, 저것 좀 보아, '바쁜 것이 게으른 것이다' 하시네.
내가 님의 꾸지람을 듣기로 무엇이 싫겠습니까.
다만 님의 거문고줄이 완급을 잃을까 저어합니다.

님이여, 하늘도 없는 바다를 거쳐서, 느릅나무 그늘을
지워버리는 것은
달빛이 아니라 새는 빛입니다.
홰를 탄 닭은 날개를 움직입니다.
마구에 매인 말은 굽을 칩니다.
네 네, 가요, 이제 곧 가요.

꿈이라면

사랑의 속박이 꿈이라면
출세의 해탈도 꿈입니다.
웃음과 눈물이 꿈이라면
무심의 광명도 꿈입니다.
일체 만법이 꿈이라면
사랑의 꿈에서 불멸을 얻겠습니다.

한용운 평전
韓龍雲 評傳

풍란보다 매서운, 역사 위에 길이 풍길
마지막 촛불의 향기였다

불교 사상가로서, 민족 시성(詩聖)으로서 자유와 평화의 세계를 지상에 구현하고자 한평생을 혁명투사답게 역사에 바친 만해는 한국의 삼엄한 어두움이 낳은 세기적 보살이라 할만하다.

그의 위대한 침묵은 지금으로부터 1세기를 훌쩍 거슬러 올라가 조선 5백년 왕조가 쇠운을 맞기 시작하는 1879년부터 줄곧 삼천리강산의 역사를 장엄한 표정으로 지켜간다.

만해가 태어난 해는 고종 16년으로, 이미 3년 전인 1876년 일본의 강압적 위협에 의해 강화도조약이 체결됨으로 해서 한반도에 일본 세력이 서서히 파고들고 있었다. 특히 만해가 태어난 1879년 여름에는 콜레라가 창궐하여 부산항이 봉쇄되는가 하면 인천항의 개항 문제가 조정에서 막 논의되기 시작할 무렵이었다. 한반도를 노리는 세계열강의 야욕은 점차 구체적인 모습을 드러내고 있었다. 또 국내에서는 썩어가는 조정에 반기를 든 민중들이 곳곳에서 민란을 일으키는 등 심하게 어수선한 상태였다.

바로 이러한 어두운 역사가 만해 한용운을 잉태했고, 만해는 장차 이 수난의 시대를 이끄는 한 줄기 빛이 되어 갈 터였다.

만해는 1879년 8월 29일 충남 홍성군 결성면 성곡리 491번지에서 시골 선비 한응준(韓應俊)과 부인 온양 방씨(溫陽方氏)의 둘째아들로 태어났다.

만해의 청주한씨(淸州韓氏) 가문은 대대로 벼슬을 해와, 증조부 광후(光厚)는 지중추부사(知中樞府事)를, 조부 영우(永祐)는 훈련원첨정(訓練院僉正)을 지냈다. 그러나 아버지 응준은 보잘것없는 지방의 벼슬아치를 잠시 지낸 정도였다.

몰락 양반의 가문으로 궁색한 형편을 면치 못한 아버지는 그리 보잘것없는 관직을 지켜야 하는 관계로 그의 형 윤경(允敬)과 부득이 동학농민군 토벌에 나서기도 했지만, 그 후 의병 때는 부형 모두 거병(擧兵)했다가 몰살 당하는 참화를 입게 된다.

법명 용운(龍雲)과 만해(卍海 : 萬海)라는 법호로 널리 알려진 그의 본명은 정옥(貞玉), 아명은 유천(裕天)이다. 만해는 이런 풍토에서 교육받았고 자신의 집안이 외세에 의해 여지없이 짓밟히는 과정을 눈으로 지켜보면서 자라났다.

유천 소년은 자그마한 체구와는 달리 뚝심이 있고, 모험심이 강한 데다 담력 또한 엄청났다. 여섯 살 적부터 서당에 다녔는데, 얼마 지나지 않아 성곡리 일대에 신동으로 알려졌다. 이미 아홉에 ≪서상기≫를 독파하고 ≪통감≫을 해독하는가 하면, ≪서경≫에도 통달하여 뭇사람들의 경탄을 자아냈다.

한번은 ≪대학≫을 읽으면서 책의 군데군데에 먹칠을 하고 있는 모습을 이상히 여긴 훈장이 그 까닭을 묻자,

"정자(程子)의 주(註)가 마음에 들지 않아서요"

라고 당돌하게 대답하여 훈장은 물론 주위 사람들을 놀라게 했다.

소년시절 유천은 글방에 다니는 나날 비범한 배움의 성과를 쌓아 글을 가르치는 훈장 못지않은 학식을 갖추고 한학에 계속 정진하면서 숙사(塾師)로 같은 나이 또래 이상의 학동들을 가르칠 정도였다.

당시 풍속대로 10대 소년의 몸으로 그는 전정숙(全貞

淑)과 결혼하였다. 하지만 철저한 애국자인 아버지로부터 나라 위한 의인(義人)·걸사(傑士)가 되어야 한다는 교훈을 받으며 커온 만해로서는 한 가정에 안주하여 세속적인 생활에 매달릴 수는 없었다.

17세에 을미사변을 당하게 된 그는 의병활동에 가담했고 일본제국주의의 간악한 흉계가 차츰 나라의 운명을 재촉하자 가슴에 일기 시작한 불길은 그를 단신으로 담뱃대만 벗 삼아 표연히 북행길에 오르게 했다.

그는 처음 설악산 백담사에 들어가 불목하니 노릇을 하며 수도승생활에 접어들었다. 그러나 그의 입산 동기가 단순한 신앙만을 위한 것은 아니었던 만큼 깊디깊은 설악산에서 무전여행으로 세계 만유(漫遊)의 길에 오르게 되었다.

러시아를 통해 유럽을 거쳐 미주일대를 순행하기로 마음먹고 우선 원산에 가서 배편으로 연해주 블라디보스톡에 상륙했다. 그러나 블라디보스톡에 상륙하자마자 그는 일진회원(一進會員)으로 오인되어 바다에 수장될 위기를 맞았으나 가까스로 벗어나 두만강을 건너 다시 돌아왔다.

1905년 1월 26일, 만해는 연곡(蓮谷)스님 법하(法下)에서 득도하였고 건봉사(乾鳳寺)에서 안거하며 선(禪) 수업을 참구하여 비로소 선가(禪家)의 도인 자질을 갖추게 되었다.

1908년 4월, 30세의 만해는 일본유학의 길에 올라 당시 유학 중인 고우 최린 등과 사귀었고 10월에 귀국하여서는 불교의 근대화 내지 대중화에 뜻을 품는 계기로 삼았다.

백담사에 머물면서 1910년에 탈고된 ≪조선불교유신론≫을 집필하면서 불교의 근대화와 대중화, 그리고 정신문화의 쇄신운동에 앞장선 만해였다. 이 문제의 저서는 아직껏 깊은 잠에 빠져있는 한국의 불교계에 던진 폭탄이었으며 불교 근대화의 대헌장(大憲章)이었다.

한일합방이 되자 만해는 망국의 울분을 참을 길 없어 행장을 수습하여 표연히 만주 길을 떠났다.

간도지방에 도착한 그는 그곳 동포들을 만나 이역의 생활을 묻고 함께 아파하면서 고국의 사정을 전했다. 그러면서 당시 망명 중에 있던 박은식(朴殷植), 이회영(李會榮), 이시영(李始榮) 등 독립지사들과 만나 독립운동 방향을 논의하기로 했다.

그러던 어느 날, 만주 통화현(通化縣)에 있는 굴라재를 넘다가 신흥 무관학교의 독립군 청년들의 눈에 그만 정탐으로 오인되어 총격을 받고 쓰러졌다. 피투성이가 된 채 겨우 정신을 가다듬고 인가로 내려와 간도지방의 무관학교를 운영하던 지사들의 도움으로 대수술 끝에 겨우 목숨을 건졌으나 불행하게도 몸에 박힌, 빼낼 수 없는 탄환 때문에 평생을 쳇머리를 흔드는 사람이 되고 말았다.

30대의 만해는 조국을 찾기 위한 노력뿐 아니라 불교의 정통성을 옹호하는 ≪불교대전≫을 간행하여 불교 계몽 보급을 위해 심혈을 기울이기도 했다.

40대에 접어든 1918년 가을에 ≪유심(惟心)≫ 잡지를 창간했다. 불교개혁 운동과 신문화 계몽잡지로 이 잡지는 근대문화의 서광이기도 했다. 또한 이 시기의 만해는 3.1운동의 정신적 주축이 될 뿐만 아니라 시집 ≪님의 침묵≫을 발표하여 한국 독립운동사와 문학사에 새로운 장을 열게 된다.

3.1운동을 비롯하여 신간회(新幹會) 운동은 그를 민족 항쟁대열의 주축으로 만들었고, 암흑의 역사적 공간을 채운 ≪님의 침묵≫ 시편들로 장엄한 화엄(華嚴)의 경지

를 영세토록 수놓을 수 있었다.

독립운동 전야, 안팎의 정세는 그야말로 어수선하였다. 1918년 1월 미국 윌슨 대통령은 14개 조항에 달하는 평화의견서를 발표했다. 여기에 약소민족의 민족자결(民族自決) 원칙이 천명되어 있었다. 그 해 11월 연합군의 승리로 제1차 세계대전은 막을 내린다.

그 무렵 조선총독부에서는 토지조사사업을 완료해놓고 한반도 삼천리강산을 송두리째 삼키게 되었노라고 기세가 등등했으며, 저 멀리 민족 지사들의 망명지 만주 동삼성(東三省)에서는 여준(呂準), 신채호(申采浩), 조소앙(趙素昻)을 비롯한 독립운동자 39명이 독립선언서를 발표하기에 이르렀다.

그리고 1919년, 망국의 한(恨)을 상징하는 고종 황제의 비통스런 최후 소식에 이어 다음날 2월 8일에는 동경 유학생 6백여 명이 조선기독교청년회관에서 회의를 개최하고 춘원 이광수가 독립선언서를 작성하였다. 그뿐이 아니었다. 상해에서는 대한청년단의 여운형(呂運亨), 김규식(金奎植) 등이 독립운동 준비에 몰두하는가 하면, 미국에 있는 대한부인회에서는 한국의 독립에 관한 청원서를 윌슨 대통령에게 제출하기도 했다. 이에 중생의 괴로움을 외면할 만해가 아니었다. 40세를 갓 넘어선 그의 혈관에는 젊은 피가 약동했다.

만해는 3.1운동의 준비공작을 하는 동안 최린(崔麟)을 통해 의암 손병희(孫秉熙)나 월남 이상재(李商在)를 만나 의중을 타진했지만, 모두가 미온적이었고 적극적인 언질을 꺼려 실망을 금치 못하였다.

"죽기가 참 싫은 게로군!"

민중의 신망으로 보나 인격으로 보나 명사급 인사들이 꼭 가담을 해야겠는데 그렇지 않아 화가 치밀었다. 특히 월남 이상재는 청년운동의 지도자로 기독교 세력을 대표할 만한 원로급 명사였다.

"월남 선생, 이번 운동에 나서야 하시겠소 일선에서 지도해 주시오"

한동안 아무 대답이 없던 월남은 고개를 갸우뚱했다.

"동지들의 뜻에 찬동하오 그러나 나로선 있는 힘을 다해 후원은 하리다."

일선에 나서기를 회피하는 대답이었다. 한용운과 최린의 실망은 컸다. 그들은 다시 천도교 총수 의암 손병희를 찾아갔다.

"월남은 어떻게 됐소?"

"안 나서겠답니다."

"……"

의암은 입맛만 다셨다.

이에 불길 같은 성미의 만해가 다그쳤다.

"의암 선생, 들어보오 그래 월남이 안 나선다고 당신도 안할 거요?"

눈을 지그시 감고 있던 의암의 입술이 움직였다.

"안 한다는 게 아니라…"

"그럼 어떻게 하실 생각이십니까?"

만해가 거듭 다그치자 제자인 최린이 부드럽게 설득을 벌인다.

"선생님, 일은 가능합니다. 남강 이승훈이 월남 못지않게 기독교 측에 대해 적극적으로 활약하겠다고 합니다. 일을 꾸며 성사하는 것은 저희들에게 일임하시고, 대표자로서 지시만 해주십시오"

"그럼 그렇게 하기로 하지!"

어려운 대답이었다. 의암은 그런 과정을 통해서 민족대표의 총수가 되었다.

3.1운동은 모든 종교 세력의 통합 형태를 띠고 있지만 33인의 태반이 천도교와 기독교 계통의 인사들이다. 그

래도 당초의 3.1운동 전개의 핵심체는 천도교와 불교였다. 기독교 대표 월남 이상재의 후퇴로 한때 좌절에 빠졌으나 무엇보다도 최린의 비상한 수완으로 남강 이승훈의 호응을 얻게 되고, 그에 따른 기독교의 헌신적 봉사정신으로 일은 비교적 순조로웠다.

1919년의 새봄은 이 땅의 뜻있는 사람들에게는 바쁜 나날이었다.

1월이 지나고 2월에 접어들면서 만해로서는 일생을 통하여 가장 뜻 깊고도 바쁜 세월을 맞이했다. 평소에 말수가 적고 명상에 젖은 일이 잦은 그였으나 이 무렵만은 해야 할 말과 일이 많았다.

만해는 불교 측 동지들을 규합하기에 백방으로 노력했다. 그러나 시기가 급박하고 일경의 감시가 심해서 널리 활약하기는 어려웠다. 그래서 선사(禪師)로 명망 있는 백용성(白龍成)만을 민족대표의 동지로 얻었다. 그들은 그런대로 불교 측을 대표할 만한 인물이었다. 이로써 기독교, 천도교, 불교의 3대 교단의 동맹이 성립되었다. 만해와 최린은 이와 같은 태세라면 가히 전 민족을 대표할 수 있다고 보았다.

이로부터 천도교 측은 최린이 대표하고 한용운은 불

교 측으로, 기독교 측은 이승훈, 함태영 양씨가 대표가
되어서 일을 추진해 나갔다.

학생들의 움직임도 활발했다. 연희전문학교 학생 김원
벽, 보성전문학교 학생 강기덕, 경성의학전문학교 학생
한위건 등이 중심이 되어 독자적으로 운동을 전개하며
독립선언서를 발표하자는 계획이 있었다. 2월 23일이었
다. 33인 중의 한 사람인 박희도(朴熙道)가 김원벽을 만
나 역설하였다.

"독립운동을 전개하려는 그대들 뜻은 장하네. 그러나
독립운동이란 절대로 일원화되어야 한다는 걸 잊지 말
게. 학생단의 독자적인 운동을 그만두고 3교 단합운동에
참가하여 이를 원조해 나가는 것이 학생 신분으로 보아
서도 당연한 일이 아니겠나."

학생들은 박희도에게 설득되어 따로 모임을 갖고 교
단운동의 본부에 참가하여 그 지휘에 따라 활동하기로
합의를 보았다.

독립선언서는 육당 최남선에 의해 만들어졌고 책임은
최린이 지기로 하였으며 한용운이 공약 삼장을 첨가해서
모든 준비는 끝났다.

"그 공약 삼장이란 것은 불·법·승(佛法僧) 삼보(三寶)

정신에 입각하여 쓴 것이었어."

뒷날에 이렇게 만해가 술회한 공약 삼장을 살펴보자.

1. 금일 오인의 차거(此擧)는 정의·인도·생존존영을 위하는 민족적 요구이니, 오직 자유적 정신을 발휘할 것이요, 결코 배타적 감정으로 일주(逸走)하지 말라.

1. 최후의 1인까지 최후의 1각까지 민족의 정당한 의사를 쾌히 발표하라.

1. 일체의 행동은 가장 질서를 존중하여 오인의 주장과 태도로 하여금 어디까지든지 광명정대하게 하라.

육당의 중후한 문장으로 된 독립선언서에 무서운 결의를 다짐하는 만해의 공약 삼장은 누가 보기에도 확실히 금상첨화였다.

기명날인은 33인 중 가장 많이 참석한 천도교 대표 손병희가 맨 먼저 쓰고 다음은 기독교 대표로 길선주 목사, 감리교 대표 이필주 목사, 다음으로 불교를 대표해 백용성 스님, 나머지는 가나다순으로 정했다. 거사일을 3월 1일로 정한 것은 고종 황제의 국장(國葬)을 며칠 앞두고 경향 각처의 많은 인파가 운집하는 기회였기 때문이다.

고종 황제는 일인(日人)들이 역신배(逆臣輩)를 사주하여 독살하였다는 소문이 나돌아 인심은 극도로 격분했다. 천시(天時)·지리(地理)·인화(人和) 어느 면으로 보나 여건은 무르익어 갔다.

3월 1일은 삼위일체(三位一体)를 의미하는 뜻도 지니게 되고 거사의 장소를 탑골공원으로 정했다. 그러나 독립운동자들은 거사 장소를 일본군경이 간계를 꾸며 현장을 교란하여 폭동의 구실로 삼는다든가, 혹독한 탄압을 가해 일을 중단시킬 우려가 있어 공원 부근 태화관으로 정했다.

일동은 감격에 떨리는 손으로 각기 선언문을 펼쳐들었다. 조국 광복에 일신쯤은 바칠 각오가 너무도 분명해져 오는 순간이었다. 낭독을 대신해서 만해가 일장의 연설을 했다.

우리는 조선 독립을 세계만방에 엄숙하게 선포합니다. 우리는 기필코 민족의 독립을 쟁취할 것으로 믿습니다.

독립이 선포된 이상 우리는 최후의 일인까지 최후의 일각까지 싸워야 합니다. 이제 독립을 선언했으니 우리

가 싸우다 쓰러져도 탓할 일은 없습니다. 보십시오! 국제
정세의 추이는 바야흐로 우리 민족에게 독립을 허용하지
아니하지는 않을 것입니다. 우리 민족은 그동안의 간악
한 일제의 철쇄(鐵鎖)를 풀고 자유천지를 향해 궐기하려
는 힘을 구축한 것입니다.

여러분! 지금 우리는 민족을 대표해서 한자리에 모여
독립을 선언했습니다. 기쁘고 한이 없습니다. 이제는 죽
어도 한이 없습니다. 그러면 다 함께 독립만세를 부릅
시다.

유창한 연설이 끝나자 두 시 정각이었다. 일동은 기립
하여 그를 따라 엄숙하게 '조선독립만세!'를 삼창했고 이
와 때를 같이하여 파고다공원에서 군중들이 독립만세를
제창하는 소리가 천지를 진동시키는 듯했고 독립만세의
절규는 온 시가에 한반도 일대가 말 그대로 독립만세로
진감하였다.

당황한 일본의 정사복 순사와 헌병 수십 명이 일제히
태화관을 에워쌌고 만해는 일경에 체포되기 직전 더욱
치열한 항일정신을 달랬다. 그 자리에서 그는 세 가지
실천목표를 세워놓고 있었다. 그 3대원칙이란 '변호사를

대지 말고, 사식을 받지 말고, 보석을 신청치 않는다'는
행동지표였다.

"이 목숨은 이제 이 나라, 이 땅, 이 백성에게 깨끗이
다 바쳐야 한다."

역사에 길이 빛날 3월 1일의 민족항쟁은 요원의 불길
처럼 전국각지를 누볐다. 이에 평화적 시위를 저지하는
일제의 탄압 또한 무자비했다. 일제의 잔악한 고문으로
인해 수많은 시위자들이 생명을 잃었고 혹은 불구자가
되었다.

남산 왜성대의 경시총감부에 구속된 민족대표들은 그
날 밤부터 일제히 개별 취조를 받았는데 서명한 민족대
표들 외에 독립선언에 관계된 인사들을 색출해내어 모두
48인의 민족 지사들이 구속되었다.

소위 내란죄라는 죄명으로 10여 차례나 취조가 계속
되었다. 만해는 참으로 놀라운 철인(鐵人)으로 보기 드물
게 자기의사를 관철했다. 그의 확고부동한 의사를 꺾을
수 있는 이는 아무도 없었다. 만해는 아주 다부지고 지
독하게 심문에 임했다.

—이 독립선언서를 배포한 목적은?

"그것은 조선 전반에 독립 의지를 알리자는 것이다."

−이런 선언서를 배포하면 어떠한 결과가 올 것이라고 생각하였는가?

  "조선은 독립이 될 것이고 인민은 장차 독립국 국민이 될 것이라고 생각하였다.(…)"

  −피고 등 33인의 독립선언을 일본정부가 승인하지 않으리라는 것은 명확하지 않는가?

  "캐나다, 애란, 인도가 독립하므로 조선도 독립이 될 줄로 알고, 세계에 제국이라고는 없을 줄로 생각한다."

  −이 선언서(공약 삼장)에는 '최후의 1인, 최후의 1각까지'라는 것이 있는데 그것은 폭동을 의미하는 것이 아닌가?

  "그런 것이 아니라, 그것은 조선사람은 한 사람이 남더라도 독립운동을 끝까지 하자는 뜻이다."

  −피고는 금번 계획으로 처벌될 줄 알았는가?

  "나는 내 나라를 세우는 데 힘을 다한 것이니 벌을 받을 리 없을 줄 안다."

  −피고는 금후에도 조선독립운동을 할 것인가?

  "그렇다. 언제든지 그 마음엔 변화가 없을 것이다. 만일 이 몸이 없어진다면 정신만이라도 영세토록 가지고 있을 것이다."

이러한 적극적인 반일 항쟁의 투지는 자유와 평화의 대헌장이라 할 옥중 집필의 '조선독립에 관한 감상의 개요' 곧 '조선독립 이유서'에 그 참모습이 잘 나타나 있다.

일제가 48인에게 내란죄의 가혹한 죄목으로 극형에 처하려는 잔인한 의도를 역력히 드러내자 감방 안이 갑자기 술렁거리며 많은 인사들이 공포에 떠는 것을 보고 만해는 변기를 들어 그들에게 덮어씌웠다.

"이 똥값에도 대하지 못할 위인 같으니라구. 그대들이 과연 민족과 나라를 위한다는 놈들이냐? 예끼, 더러운 것들! 이 똥물도 아깝다!"

이러한 만해의 옥중 행장에 옥리들도 슬금슬금 그를 피했다.

만해는 3년의 옥고를 치르고 나와 보니 민족혼은 점점 식고 있었으며 그래서 그는 청중들을 모아 열변을 토해 꺼져가는 민족혼의 심지를 돋우려 했다.

불교청년회의 강연회에 등단한 만해는 '철창 철학'을 강연하였다.

(…)개성 송악산에서 흐르는 물이 만월대의 티끌은 씻어가도 선죽교의 피는 못 씻으며, 진주 남강에 흐르는

물이 촉석루 먼지는 씻어가도 의암(義岩)에 서려있는 논개의 얼은 씻지 못합니다.

열정으로 강연을 끝맺자, 장내는 박수와 감동으로 가득 찼다. 만해가 치른 3년의 옥고는 선죽교의 피나 논개의 얼을 기리게 했으며, 그로 하여금 충절의 시범에 앞장서게 했다.

폭넓은 문화 활동이나 민중구제를 위한 세찬 활동의 연속이던 그는 어느 날 설악산으로 향하는 행장을 꾸렸다. 그리고는 내설악의 백담사 조그만 방에서 그는 우리 문학사의 새로운 전환점을 마련하게 되는데, ≪님의 침묵≫ 88편을 탈고하는 것이 그것이다.

시집 ≪님의 침묵≫은 이듬해인 1926년 5월 20일 초판이 햇빛을 보았다. 한결같이 님과 나와의 사랑으로 일관된 88편의 시는 곧 님과의 일체(一体)에 이르는 길을 깨닫게 한다.

만해의 생애는 크게 보아 세 시기로 구분된다. 먼저 출생부터 성장, 출가, 불문 입신에 이르는 30대 말까지는 주로 불교수업과 불교활동 등에 열중한다. 제2기는 ≪유심≫지를 간행하면서 3.1운동에 주도적 역할을 하고 옥고를 치르는 과정에 사회지도자로서 자리를 굳히는 시기가 된다. 40대에서 50대 중반에 이르는 이때 만해의 생애는 그 절정기를 맞이하여, ≪님의 침묵≫을 쓰는 등 성숙한 정신세계를 보여준다. 제3기는 가정을 갖고 노년을 심우장에 은거하면서, <흑풍(黑風)> 등의 소설도 발표하며 항일운동에 막바지 정열을 불태우던 시기라 할 수 있다.

만해가 유씨(兪氏) 부인을 맞아 심우장 생활을 시작한 것은 55세 되던 1933년의 일로 그를 존경하고 따르던 몇 사람이 마련해 준 것이다. 처음에는 남향으로 집의 터를 잡으려 했으나, 만해는 응달이더라도 동북향을 택했다.

"성북동에서 남향으로 집을 세운다면 집 정문이 곧장 총독부를 향하게 된다. 안 되지! 그 꿈에도 보기 싫은 돌집을 향하고 살다니, 볕이 안 들고 샘이 없더라도 내 집은 그쪽을 향해 세 울 수 없어!"

이렇게 지어진 집의 이름은 '심우장'이라고 붙였다. 심우장이란 소를 찾는 집이라는 뜻인데 선가(禪家)에서 말하는 무상대도(無常大道)를 깨치기 위해 수도를 하는 집이란 뜻이었다. 만해는 손수 상록수를 심어 가꾸기도 하면서 입적하는 날까지 줄곧 여기에서 살았다.

만해는 추운 겨울에도 방에 불을 때는 일이 없었다. 장작을 구할 수 없을 만큼 가난했기 때문만은 아니었다. 이 땅 전체가 하나의 커다란 감옥이라고 생각하고 있던 만해였던 만큼 따뜻한 온돌에 앉아 안일한 생을 누린다는 것은 그로서는 용납할 수 없는 일이었다. 2천만이 헐벗고 떠는 그때 더운 방에서 기거할 수는 없었다.

만해는 또한 경허(鏡虛) 선사의 수제자 만공(滿空) 스님과 언제나 의기가 상합했다. 만공은 이렇게 말하고는 했다.

"이 조선 천하에 사람이 하나 반 있다."

"큰스님, 그게 누구인가요?"

"하나는 만해지."

나머지 반이 누구라는 지적은 삼갔다. 자기 자신이 반 몫인지는 알 길이 없다.

만공이라는 대해(大海)에 우뚝 솟은 보탑(寶塔)처럼 만해는 때때로 만공이면서 만해였다. 두 걸승들의 민족자존 의지는 한결같이 바다를 헤치고 하늘을 꿰뚫을 기상이었다.

일제 말엽 변절자 최린, 육당, 춘원 등이 한참 일제에 아부하며 날 뛸 때였다. 그들을 보고 만해는 코웃음치며, 혀를 찼다.

"춘원 그 사람 아주 단견(短見)이더군 그래. 4천년이나 끌어온 민족이 아주 망할 것 같아. 재주가 있어 영특한 사람인가 했더니 그만 사람이 미쳤군!"

일제에 대한 만해의 거부 행위는 거의 기벽(奇癖)에 가까웠다. 그런데도 일제의 모질고 험한 풍토 속에서 목숨을 유지할 수 있었던 데 대해 사람들은 오로지 탄복할 뿐이었다.

그는 일제와 절대 타협하지 않았던 단재 신채호의 비문을 지었고, 반제(反帝) 무력항쟁을 하다 잡혀 마포 감옥에서 옥사한 일송 김동삼(金東三)의 장례식을 주선하였다. 일찍이 안중근 의사 추모시를 썼으며, 합방에 항거하여 스스로 목숨을 끊은 호남의 시인 황매천(黃梅泉)을 영탄하여 노래하기도 했다.

들은 빼앗겼어도 그 들을 뚫고 나온 풀과 나무는 때가 되면 어김없이 그 푸르름을 발한다. 1944년 초여름으로 접어드는 무렵, 심우장에 신록이 무르익어 가는 모습을 보며 우리 민족이 신록으로 다시 피어날 때를 애타게

염원하던 만해에게 마지막 순간이 닥쳐왔다.

남달리 건강하던 만해에게도 육신의 종언(終焉)은 어쩔 도리가 없었다. 이렇다 할 지병이 있는 것은 아니었지만 창씨개명을 하지 않고 일본으로 귀화를 하지 않는다고 배급을 받을 수 없었던 만해 한용운, 급격한 영양실조로 인해 숨져간 우리의 님 만해는 평생을 오직 조국과 민족에 바치면서 1944년 6월 29일 밤 다급하게 창문에 검은 휘장을 치라고 외친 후 아무런 유언도 없이 열반에 들었다.

그러나 이미 만해 한용운은 너무나 많은 유언을 역사의 갈피에 남겼다. ≪님의 침묵≫이 반세기 이상의 문학을 지배할 위대한 유언이었고, ≪불교 유신론≫은 우리나라 불교 근대화의 우렁찬 선언이었다. '조선독립 이유서' 또한 대대손손 우리 민족의 가슴에 남겨질 불후의 유언이었다.

법랍(法臘) 40년, 향년 66세 일기로 잠든 만해를 추도하고자 정인보, 이인, 박광, 여운형, 홍벽초, 김병로 등의 민족 지도자들이 계속 몰려들었다. 변절했다고 호통을 당한 후 만해로부터 단교(斷交) 선언을 받아야 했던 사람들일수록 안타까워 더욱 소리 내어 울었다.

풍란보다 매서운 그 향기, 영원히 이 민족의 사표로서 역사 위에 길이 풍길 인걸의 향기요, 홀로 탄 마지막 촛불의 향기였다.

만해의 유해는 화장되어 한줌 재가 되었으며, 화장 후에 남은 은색이 반짝이던 치아는 유골과 함께 사기항아리에 넣어져 망우리 공동묘지에 안장되었다.

불교개혁과 민족운동 그리고 광채 돋보이는 시작(詩作) 활동의 중후한 3중주로써 우리 역사에 순교하다시피 하는 만해 한용운은 피와 땀에 얼룩진 역경을 돌파한 자유의 나무요, 평화의 숨결이었다. 자유와 평화의 사자(使者)답게 그 어떠한 고통이나 시련도 두려워하거나 서슴거리지 않았던 그는 민족을 앓고 있는 중생으로 살아 함께 살며 구제하려 했고, 고통 받는 민중 속에서 심호흡하며 격투함으로써 항일 시기에 가장 빛나는 지성일 수 있었다.

만해는 목숨이 다하도록 님을 찾다가 결국 님이 되었다. 그가 남긴 길 도처에서 우리는 님과 만난다. 우리의 님 만해는 석가모니나 간디 또는 타고르의 일면을 골고루 갖추고 있지만, 그 시절엔 거의 유일한 새벽의 신호

등이었다. 종교와 독립운동과 근대문예에 있어서 그는 전투적 지혜를 한 몸에 지닌 통합체요 실천적인 지성의 빛이었다.

그는 문화와 역사의 불꽃으로 꺼질 줄 모르고 타오르는 영원한 혁명의 사람이다. 그에게는 결코 시작과 끝이 없었다. 오직 거룩한 싸움의 하루를 산 대표적인 한국인이었다.

님의 침묵

초판 1쇄 인쇄 2021년 7월 21일
초판 1쇄 발행 2021년 7월 26일

지은이 한용운
펴낸이 이태선
펴낸곳 창작시대사

등록번호 제2-1150호(1991년 4월 9일)
주소 경기도 고양시 일산동구 장백로 20 동문굿모닝힐 102동 905호 (백석동)
전화 031-978-5355 **팩스** 031-973-5385
이메일 changzak@naver.com

ISBN 978-89-7447-246-7 03810